ベリーズ文庫

鉄の女だと嫌われていたのに、冷徹公爵にループ前から溺愛されてたって本当ですか？

～おまけに契約精霊が最強でした～

クレイン

STARTS
スターツ出版株式会社

目次

鉄の女だと嫌われていたのに、冷徹公爵にループ前から溺愛されてたって本当ですか？～おまけに契約精霊が最強でした～

プロローグ　鉄の女、散る……8
第一章　どうやら時間が遡ったようです……17
第二章　私が鉄になるまでのこと……38
第三章　ならば小動物になりましょう……114
第四章　私の可愛いキーラ……150
第五章　憧れの社交デビュー……168
第六章　婚約しました。……204
第七章　結婚しました。……239
エピローグ　時が満ちる時……306
あとがき……324

カタブツ冷徹公爵 レナート
バシュラール王国の筆頭公爵家当主。
国一番の強大な魔力を持ち、
魔術師団の長も務めている。
かつて反乱軍を鎮圧して国を救った
ことから、英雄と呼ばれている。
元伯爵令嬢 ヴィクトリア
家族を亡くし天涯孤独だった
ところをレナートに救われ、
彼の元で働くことに。
恩に報いたいと一生懸命
働いているが、冷たい雰囲気
のせいで周囲からは
“鉄の女”と蔑まれている。
黒うさぎの精霊 キーラ
時を司る最強精霊。契約主(マスター)の
ヴィクトリアのことが大好きで、
片時もそばを離れたくない。
白狼の精霊 シエル
レナートと契約している
風の高位精霊。
威厳のある姿形をしていて、
レナートを支えている。

Character Introduction

レナートの妹
エカチュリーナ

儚げな容姿とは裏腹に、
気が強く行動力の塊。
同い年のヴィクトリアのことが
とても好きで、
ふたりは親友である。

ヴィクトリアの兄
ダニエル

ヴィクトリアにとびきり甘い、
妹想いの優しい兄。
古くからの友人である
レナートのことを
信頼している。

契約精霊とは？

魔力を有する者と契約を交わした精霊のこと。
契約主（マスター）と精霊の魂はつながり、意思が伝わるようになっている。
色々な姿をとることができ、
動物や人の形をしていることもある。

鉄の女だと嫌われていたのに、
冷徹公爵にループ前から
溺愛されてたって本当ですか？
～おまけに契約精霊が最強でした～

プロローグ　鉄の女、散る

「────っ！」

その時、ヴィクトリアの体を魔弾が貫いた。

痛みというよりも、焼けるような熱を腹部に感じる。

周囲から、絹を裂くような悲鳴があがった。

（ああ、そういえば前に、確実に人を殺したいのならお腹を狙うのが一番いいって聞いたことがあるわね……）

心臓は肋骨に守られていて、実は狙うのがとても難しい。

頭も硬い頭蓋骨に守られているから、案外致死率が低い。

だから間違いなく人を殺したいのなら、腹がいいのだと。

まさに今、己の腹に魔力を纏った鉛の玉がめり込んでいるというのに、ヴィクトリアはそんなどうでもいいことを考えていた。

（でも、レナート様を救えてよかった……）

第一王子の三歳の誕生日を祝うため、王宮の大広間で行われていた祝宴。

そこで、ヴィクトリアの主人であるアヴェリン公爵レナートに、給仕の男が突如懐から銃を取り出してその銃口を向けたのだ。

警備も厳重だったであろうこの場に、どうやって武器を持ち込んだのか。

（それにしても魔銃だなんて……）

魔銃は十年前の内戦時にあまりにも多くの犠牲者を出したため、国で製造販売を禁止されているはずの武器だ。

内戦時に大量生産された魔銃が、どこかで密かに保管されていたのだろうか。

全身から力が抜け、頽れて、ヴィクトリアの視界が大理石の床に近づく。

このまま体を硬い石に叩きつけられるのだろうと、大量の血を失ってぼんやりとする頭で思ったところで。

温かく力強い腕が、ヴィクトリアの体を包んだ。

「ヴィクトリア！　おい！　しっかりしろ‼」

怒鳴りつけるような、男性の声。体が怯えて小さく震える。

どんなに親しい仲であっても、やはり男性の怒声は恐ろしいものだ。

だがいつも冷静な彼の、そんな感情的な声を聞くのは初めてで、ヴィクトリアはなにやら嬉しくなってしまった。

彼が自分のために、感情を揺らしてくれているなんて。

「ヴィクトリア！……ヴィー……！」

絞り出すような、悲鳴のような声で、その腕の持ち主は彼女の名を呼んだ。

（あら。愛称で呼ばれるなんて、随分と久しぶり……）

家族を全て喪ってから、ヴィクトリアをその響きで呼んでくれる人は、いなくなってしまった。

「レナート、様……」

ヴィクトリアもまた彼の名を呼んだ。

するとひどく掠れた声と共に、喉の奥から湧き上がってきた血が、ごぽりと口角から溢れた。

（レナート様をお名前でお呼びするのは、初めてね）

彼のことはずっと、『閣下』と呼んでいた。本来名を呼ぶことが許されるのは、親しい関係にある人間だけだから。

けれど、もう助からないと知っていた。魔弾はヴィクトリアの体の中に残ったまま、纏った魔力で彼女の内臓を傷つけ続けている。

（これで、もう最期だろうから）

――だからどうか今だけは、おこがましくもその名を呼ぶことを許してほしい。

「なぜ私などを庇(かば)った！」

生理的な涙で、滲(にじ)む視界に映るのは、今にも泣きそうなレナートの顔。

夜の闇のような漆黒の髪を振り乱しながらその端正な顔を歪(ゆが)め、流れる血がそのまま透けたような、綺麗な切れ長の赤い目を涙で潤ませている。

（レナート様の涙なんて、初めて見るわ……）

こんな時に、こんな表情なのに。それでもレナートは最高に格好いいのだ。

ヴィクトリアは必死に彼の顔を目に焼きつける。死んでも忘れないように。

――なぜ、レナートを庇ったのか、などと。

（――そんなの、愛しているからに決まっているでしょう）

平民である上に反逆者の娘でもある自分が、公爵家の当主であるレナートにそんな感情を持つことは、許されないとわかっていても。

愛していたのだ。どうしようもないほどに。

もちろん一生伝えるつもりはなかったし、今、死を間際にしても伝えるつもりはない。

ヴィクトリアがレナートに抱いた恋心に気づいている人間も、おそらくいないだろう。

それくらいに、常に事務的な関係に見えるよう、細心の注意を払って彼に接していたのだから。

実際にレナートに色目を使わないという点において、秘書官として高評価を受けていたくらいである。

(――それでいいの)

誰にも、ヴィクトリアの想いに気づかれてはならない。

絶対に、表に出してはいけない。心の底に秘めるだけ。

だからこそ死への恐怖から、彼にぶざまに縋ってしまわぬよう、ヴィクトリアは必死に唇を噛みしめる。

伝えてしまえばきっと、優しく誠実な彼は、一生癒えぬ傷を負ってしまうだろう。

「ヴィクトリア、しっかりしろ！　すぐに医者が来るからな！」

レナートとてこれが致命傷であることはわかっているだろうに、必死に励ましてくれる。本当に優しい人だ。

終わりが近いのだろう。体中から力が抜けていく。

すると強張ったままだったヴィクトリアの顔が、うっすらと笑みを浮かべた。

家族を失い、ひとりぼっちになってしまってから、ヴィクトリアの顔はいっさい表情を浮かべることができなくなってしまった。

だというのに死を間際にして、彼女の顔は弛緩し、久しぶりに表情らしい表情を作ってくれたようだ。

（……あら。たまにはいい仕事をするじゃない）

いつも表情が冷たく凍りついているせいで、血も涙もない『鉄の女』だと蔑まれていたのに。

最後にちゃんと人間らしい姿を、レナートに見せることができた。

レナートが、驚いたように目を見開く。そのことが、少し嬉しい。

ああ、やっぱり彼のことが、どうしようもなく好きだ。

（……死んでしまえば、レナート様がほかの人のものになる姿を、見ないで済むわね）

自分のものにはならないのだと、最初から理解していても。

きっとヴィクトリアは、彼が誰かを愛し大切にする姿に、ぶざまに苦しむことになっただろうから。

だからきっと、これでよかったのだ。

ヴィクトリアの足元には、小さな黒うさぎがポロポロとそのつぶらな瞳から涙を流し、縋るようにしがみついている。

（……ごめんなさいね、キーラ）

必死なその様子を、視界の端に見つけ、ヴィクトリアは心の中で詫びる。

この黒うさぎは、ヴィクトリアの契約精霊であるキーラだ。

本来は時を司る高位精霊だというのに、なぜかヴィクトリアと契約を結んでくれた。

優しくて穏やかな精霊。大切なヴィクトリアの相棒。

今まさにレナートを救うことができたのも、キーラが撃たれる直前に見せてくれた未来視のおかげだ。

レナートに危機が迫った際には絶対に教えてほしいという、ヴィクトリアの願いをキーラはちゃんと叶えてくれたのだ。

ヴィクトリアは非常に魔力が少なく、高位精霊であるキーラの力を極々一部しか使うことができない。

だから、キーラがヴィクトリアに見せることができるのは、極々近い未来のことだけだ。

せいぜい数分、下手をすればわずか数秒先の未来。

そしてそんなものが見えても、なんの力もないヴィクトリアができることなど、限られている。

眼裏(まなうら)にレナートの体を、魔弾が貫く未来が見えた瞬間。

ヴィクトリアは反射的に彼に向かって走り、力いっぱい突き飛ばし、代わりにその身に魔弾を受けることしかできなかった。

（……私の可愛(かわい)いキーラ。私が死んだら、どうかもうお腹が空かないように、もっと魔力のあるいい契約主(マスター)を見つけてね）

大好きよ、と。そう心に呼びかければ、イヤイヤと小さな黒うさぎが泣きながら首を横に振った。

ヴィクトリアにもっと魔力があれば、キーラの心を明瞭にわかってやれるのに。

なんとなくしかキーラの気持ちをわかってやれないヴィクトリアのそばに、それでもずっといてくれた、優しい子。

それからヴィクトリアは、縋るように自分をかき抱き、悲痛に顔を歪めるレナートを見上げる。

「待ってくれ、ヴィー……！　お願いだ……。死なないでくれ……！」

かつて修道院に行くか、死ぬかのどちらかの道しかなかったはずのヴィクトリアを拾い、人並みの生活を与え、妹のように大切にしてくれた。――優しい優しい人。

指を伸ばし、彼の頬に溢れる涙にそっと触れる。

「――どうか、どうか幸せになってください」

それが、ちゃんと言葉になったかはわからない。

ただそこで、ヴィクトリアの意識は完全に闇にのまれた。

第一章　どうやら時間が遡ったようです

そしてヴィクトリアは死んだ。

そう、死んだはずだったのだ。


――それからどれくらい時間が経ったのか。

瞼（まぶた）の上に光を感じて、ふわりとヴィクトリアの意識が浮上した。

どうやら自分は、ちゃんと天国に行けたらしい。

先に行っているはずの家族は、待っていてくれただろうか。

恐る恐る、重い瞼を開ければ。そこにあるのは一面の桃色。

「……え？」

ヴィクトリアは、思わず間抜けな声を漏らした。

どうやらそれは、寝台の天蓋のようだ。

ヴィクトリアの年齢で使用するには少々厳しい、レースがフリフリと大量に縫いつけられた、可愛らしい桃色の天蓋。

そしてその天蓋に、ヴィクトリアは見覚えがあった。

かつて自分が子供の頃に使っていた寝台の天蓋に、そっくりだったのだ。

「……どうして？」

困惑しつぶやいた声が、これまたいつもよりも明らかに高い。

ヴィクトリアの声はもう少し落ち着いた感じの、女性にしては少し低めのものだ。

何もかもに違和感を覚え、そっと自分の体を見下ろす。

すると無駄に大きく膨らんでいたはずの、邪魔な胸がない。

おかげでいつもよりも随分と、足元の視界がいい。

「え……？」

あの巨大な脂肪の塊は、一体どこへ行ってしまったのか。

正直邪魔だったので、なくなってしまったのなら、それはそれでいいのだが。

混乱して寝台から飛び降りると、部屋に飾られている大きな姿見へ駆け寄った。

「………！」

姿見を覗けば、そこにいるのは真っ直ぐに伸びた銀の髪と、薄青色の目の、どこか冷たい雰囲気のひとりの少女。

気の強そうな猫目とその冷ややかな色彩とその雰囲気のせいで、レースがこれでもかと縫いつけられた、フリフリの桃色のネグリジェが全く似合っていない。

そう、これは間違いなくヴィクトリアである。

だが明らかにおかしい。そう、主に寸法感（サイズ）が。

――これは、十年以上前。まだ幸せだった頃の、自分の姿で。

「えええええええ……‼」

ヴィクトリアは思わず、頭を抱えて叫んでしまった。

（――一体どういうことなの……？）

恐る恐るもう一度姿見を見てみるが、やはりそこにいるのは小さなヴィクトリアだ。

（へ、平常心を取り戻すのよ、ヴィクトリア）

目の前の信じられない光景に、ヴィクトリアはとりあえず落ち着いて状況を整理してみようと考えた。

不測の事態が起こった際は、何よりもまず、冷静になることが大切である。

混乱したまま事の収束にあたれば、大体事態は悪化するものだ。

そのことを長く苦しい社会人生活で、ヴィクトリアは悟っていた。

さて、本来のヴィクトリアの年齢は、二十三歳のはずである。

ここバシュラール王国では、女性ならば大体二十歳までに結婚する。

よってヴィクトリアは、堂々たる行き遅れであったりする。

まあ、元々結婚する気はないので、特に気にしてはいないのだが。

だが今のヴィクトリアは、どう見てもせいぜい十二歳前後である。

つまりは、若返ってしまっているということで。

（でもそも私……どうして生きているのかしら？）

腹に食い込んだ銃弾の感覚を、今でも生々しく覚えている。

あれで、生き残れるわけがない。

顔やら体やらをペタペタと触ってみたが、しっかりと感触がある。

どうやら幽霊になった、というわけではなさそうだ。

ならば夢かと、自らの頬をつねるという典型的な行動もとってみた。

だが普通に痛かったので、やはり夢でもなさそうだ。

ちなみにその際、己の肌のきめ細かさと瑞々（みずみず）しい張りに、うっかり過労で疲れ果てていた二十三歳の頃の荒れた自分の肌とを比較してしまい、ちょっと泣きそうになったのは秘密である。

ああ、若さとは素晴らしい。

（——ではなくて！　やはり何らかの魔術……ということかしら）

この世界には魔力を持つ者たちがおり、それを利用した魔法や技術が存在する。

だが若返る魔法など、聞いたことがない。

もしそんなものがあったなら、世界中の権力者がそれを求め、間違いなく戦争が起こるだろう。

ヴィクトリアは混乱した頭のまま、周囲を見回した。

今いる場所は、自分の生まれ育った、ルシーノヴァ伯爵邸における、ヴィクトリアの私室だ。

日当たりのいい大きな窓。揺れる桃色のフリルカーテン。絨毯は柔らかな乳白色。

お気に入りの長椅子は、色とりどりの美しい蔓薔薇(つるばら)の刺繍(ししゅう)がされている。

かつて失ったその全てが懐かしくて愛おしくて、ヴィクトリアは胸がいっぱいになってしまう。

(でも、それだっておかしいのよ……)

なぜなら歴史あるルシーノヴァ伯爵邸は、十年前に取り壊されたはずなのだ。

そう、反逆者の屋敷として。――――つまりは。

(時間が遡(ループ)った……ということ？)

過去の時間に戻る。果たして、そんなことが可能なのだろうか。

時間を操る魔術は、途方もない量の魔力が必要となる。

なんせキーラの力を借り、わずか数秒先の未来を視るだけでも、ヴィクトリアの魔力は枯渇してしまうのだ。

それなのに十年以上の年月を遡(さかのぼ)らせるなど、まず人間にできる所業ではない。

「ねえ、キーラ。これは一体どういうことなのかしら?」

ヴィクトリアはいつものように、常に己のそばにいるはずの契約精霊に声をかけた。

だが、なんの返事もない。

(……ああ、そうだったわ)

キーラとの出会いは、ヴィクトリアが家族を失った後のことだ。

よってあの愛すべき小さな黒うさぎは、まだヴィクトリアのそばにはいない。

ヴィクトリアを、心細さが襲う。ずっとそばにいた、大切な精霊。

(――とにかく。この目で全てを確認しなくては)

ヴィクトリアはネグリジェのまま、部屋から飛び出した。

廊下を走れば、すれ違った使用人たちが、何事かと目を見開く。

確かに子供の頃のヴィクトリアは、それほど活発な方ではなかった。

どちらかというと、書庫にこもって本ばかりを読んでいる夢見がちで人見知りで臆病な子供だったのだ。

そんな彼女が、突然廊下をネグリジェのまま全速力で爆走しているのだ。驚かれても仕方がない。

(……でも、みんな、生きてる)

使用人たちの顔を見て、ヴィクトリアの視界が潤む。

あの日、使用人の多くが捕縛され、殺されてしまった。

それなのに、皆、ひとりも欠けずに生きている。

一体この身に何が起こったのかはわからない。――――だが。

(もし本当に時間が遡ったのだとしたら、お母様もお父様もお兄様も、まだ生きているということだわ)

かつて愛しい彼らの命が失われた、その絶望を覚えている。

ヴィクトリアから全ての表情を奪い去るほどに、いまだに血を流し続けている、深く取り返しのつかない心の傷。

両親の部屋の前に着くと、激しく脈打つ心臓を、深く呼吸をして落ち着かせる。

期待と緊張で、ヴィクトリアの足がガクガクと震える。

(どうか、どうか……お願い……！)

祈りながら、恐る恐る扉をノックしてみれば。

「……どうぞ」

母の、懐かしくも優しい、穏やかな声がした。

ヴィクトリアの両目から、一気に涙が溢れる。

ああ、涙とはこんなにも容易く溢れるものだったのか、と自分でも驚く。

子供の手にはいささか重い扉を勢いよく押し開ければ、そこにいた母が驚いたように目をわずかに見開いた。

透き通る金色の髪に、暖かな春を思わせる若草色の瞳。父がいつも春の女神だとたたえ、ヴィクトリアが理想とする、癒やし系の美貌。

母のそんな姿を目に映した瞬間。ヴィクトリアはその場で跪き、声をあげて泣いた。

「まあ！　ヴィーったら。一体どうしたの？」

幼い子供のように泣きじゃくるヴィクトリアに驚いたのか、母が慌てて駆け寄ってくる。

そしてヴィクトリアの体を労るように、優しく抱きしめてその背を撫でた。

その手のひらの温かさに、さらに涙が込み上げてくる。

母の背後には、何があったのかと、やはり心配そうにおろおろと娘を見つめる父がいる。

おそらく今のヴィクトリアの体の年齢は、十二歳くらいと思われた。

だからこんなふうに泣いて母親に縋るのは、もう恥ずかしい年齢なのだろう。

けれどもヴィクトリアは、涙を、声を、止めることができなかった。

たとえ、その中身が二十三歳であっても。

なんせ今、目の前に、あの日喪ったはずの父と母がいるのだ。

かつて失ったはずの表情は、今やあまりにも容易くヴィクトリアの顔を彩った。

感情のままに泣き叫ぶなど、実に十年以上ぶりのことだ。

おそらく今のヴィクトリアが、絶望を味わう前の体だからなのだろう。

「どうしたの？　ヴィー。何か怖い夢でも見たの？」

母が優しく穏やかな声で聞いてくる。ヴィクトリアは小さく首を縦に振った。

そう、ずっと見ていたのだ。どうしようもなく恐ろしくて怖くて絶望的な夢を。

（……どちらが夢で、どちらが現実なの？）

もしあの絶望の日々が、二十三歳の自分が、本当に夢の中の出来事に過ぎなかったのなら、どれほどいいだろうか。

(——いえ、夢ではない。あれは本当にあった現実だわ)

何もかも覚えている。今はまだ知らないはずの恋しいレナートのことも、親友のエカチュリーナのことも、契約精霊のキーラのことも、そして、家族を喪った絶望も。

では、今、ヴィクトリアがいるこの世界は、一体なんなのか。

「お母様……今って建国歴何年ですか……?」

ヴィクトリアは泣きながら母に聞いた。すると母が不可解そうな顔をする。

「え? 本当に一体どうしたの? ヴィー?」

「大事なことなんです! 教えてください!」

「ええと……。確か三百二十一年よ」

(私が死んだのが、三百三十二年だから、十年とちょっと前くらいかしら……)

やはり何が原因かはわからないが、時間が遡ったということだ。

しかも、ヴィクトリアがまだ何も失っていない時に。

(家族を失ったのは十三歳になってからだった。……だからまだ時間はある)

これまで神などまともに信じたことがなかったが、今なら信じてもいいとヴィクトリアは思った。

(——つまり私は、人生をやり直すことができる)

小さな体の中に入った二十三歳のヴィクトリアの魂は、冷静に強かに考えていた。

ヴィクトリアはこれから先、この国で何が起こるかを知っている。

（……今の私ならば、家族を守ることができるはずよ）

もう二度と冷たい牢獄に、断頭台に、愛しい家族を送ってなるものか。

（……やってやろうじゃないの）

ずっと胸を焼き続けた悔恨を、晴らすことができる。神が与えたもうた、絶好の機会だ。

ヴィクトリアは母の温かな腕の中で、そんな決意を固める。

「ヴィーはまだまだ子供なのねえ……」

呆(あき)れながらも、どこか嬉しそうな母に手を引かれて、べそをかきつつ部屋に戻れば、心配そうな顔をしたお付きの侍女のオリガが待っていた。

「お嬢様。一体どうなさったのです？」

「ご、ごめんなさい……」

主人の起床を待っていたら、その主人が突然飛び起きてネグリジェのまま全速力で走り去ったのだから、それは心配するだろう。主にその頭の中身を。

（でも、オリガも生きてる……！）

姉のように慕った、ヴィクトリアの大好きな侍女。

癖の強い焦茶色のおさげと、鼻に散ったそばかすが可愛らしい、大切な侍女。

実際に五歳年の離れた兄のダニエルとヴィクトリアの乳兄妹でもあり、彼女の母である乳母が亡くなった後も、そのままこの屋敷に残って、ヴィクトリアに忠実に仕えてくれた。

オリガもかつて、この屋敷に雪崩(なだ)れ込んだ国軍兵士たちによって捕えられ、殺されてしまったのだと聞いた。

けれど死ぬその瞬間まで、逃げたヴィクトリアの行方を決して口にしなかったのだという。

そんな彼女も今、こうして生きている。

「オリガ！」

その名を呼んで、ヴィクトリアは彼女に抱きついた。やはりちゃんと温かい。

「お嬢様ったら……。何かおつらいことでもあったのですか？」

労るような優しい声に、またヴィクトリアの涙腺が緩む。

（……ええ、あったのよ。耐えられないくらいにつらいことが）

彼女の温かな腕の中で、ヴィクトリアはまたわんわん泣いた。

そしてオリガと母は、結局ヴィクトリアが泣きやむまでずっとそばにいてくれた。

本当に優しくて善良な人たちだ。

やはりどう考えてもあんなふうに、無惨に殺されていいような人間ではない。

「ほら、いつまでもネグリジェでいてはいけませんよ。お嬢様。お着替えしましょうね」

そう言ってオリガがクローゼットを開ける。

その中は淡い色合いの、レースがフリフリに縫いつけられたドレスで溢れていた。

そう。ヴィクトリアは本来、こういう可愛いものが好きだったのだ。

だが家族を失ってからは、明るい色の服を身につけることに、抵抗を感じるようになった。

ただひとり生き残った自分がその身を飾ることに、深い罪悪感を覚えるようになってしまったのだ。

だからいつも喪服のような暗い色合いの、簡素な形の衣服ばかりを選び、身につけるようにしていた。

本当は、花もレースもリボンも宝石も、大好きだったはずなのに。

それら全てから、距離を置くようになってしまった。

そんなところも、周囲から『鉄の女』と嘲笑される一因だったのかもしれない。

（……まあ、正直なところ、明るい色自体、あまり似合わないのだけれどね……！）

残念ながら、自分に似合うものと、自分が好きなものは違うのである。

ヴィクトリアの銀の髪と薄青色の目は、暖色とはあまり相性がよくない。

けれど今のヴィクトリアは、どこからどう見ても子供だ。

つまりは、多少似合わない服を着ても「あらまあ」程度のほほえましい感覚で許される身の上なのである。

そして家族が元気に生きている今、多少フリフリしていても許されるはずだ。

それでも思わず聞いてしまうのは、いまだ全てにおいて現実味がないからで。

「これ、本当に私が着てもいいの？」

「もちろんですよ。……それにしても本当にどうなさったんです？　お嬢様」

いつもとは様子の違うヴィクトリアに、オリガがまた心配そうな顔をした。

確かに今日のヴィクトリアは、朝から奇行三昧である。主に頭の中身が。

はたから見たらさぞかし心配になるだろう。

だが、未来からやって来たばかりなので、どうか許してほしい。

真実を話せば、さらに頭の中を心配されそうで言えないが。

ヴィクトリアはクローゼットに並べられているドレスを見つめ、心を浮き立たせた。

未来の記憶からすると少し型が古く感じるが、十分に可愛らしいドレスたちだ。

目を輝かせながら、ヴィクトリアは桃色のドレスを選んだ。

子供の頃から、桃色が大好きだった。見ているだけで幸せになれる可愛い色。

だからこそ寝台の天蓋からカーテン、ネグリジェに至るまで、その全てを桃色に統一していたのだ。

もし二十三歳の自分がこんな色のこんな形のドレスを着たら、痛々しさに皆に後ろ指を差されるだろう。

けれども、今のヴィクトリアはまだ十二歳。つまりはなんの問題もないのである。

誰にも責められていないのに、心の中で言い訳をしながら、ヴィクトリアはドレスを身に纏う。

それからオリガがヴィクトリアの唯一の自慢である銀色の真っ直ぐな髪を、桃色のレースのリボンで可愛らしく結ってくれた。

姿見の前でくるりと回れば、ドレスの裾のレースが広がって、銀色の髪が舞う。

（か、可愛い……！）

十二歳のヴィクトリアは、頬がぷっくりとしていて、幼げで。

その甘く可愛らしいドレスを着ても、十分許される範囲内だった。

好きな服を着ていると、やはり心が弾むものだ。

久しぶりの感覚に、ヴィクトリアは自然と笑みがこぼれた。

こうして笑顔になることも十年以上ぶりかもしれないと思い、そういえば死ぬ間際に少しだけ微笑むことができたことを思い出す。

あの笑顔がレナートの罪悪感を、少しでも軽減してくれていたらいいのだが。

「まあまあ！　やっぱりうちの娘は可愛いわぁ……！」

「なんせお嬢様は、我が国一番の美少女ですからね！」

母とオリガがうっとりとヴィクトリアを見つめ、大げさに褒めたたえた。

いくらなんでも身内贔屓（びいき）が過ぎる。さすがに国一番はないだろう。

だがヴィクトリアが二十三歳の頃は、周囲から『鉄の女』と恐れられ、遠巻きに見られるばかりだったのだ。

だからこそそんな二人の、甘く優しい言葉と愛しげな視線がひどく嬉しい。

「ありがとうお母様、オリガ」

ヴィクトリアはにっこりと笑って、慣れた仕草でドレスの裾を持ち、淑女の礼（カーテシー）をする。

レナートの秘書官として働いていた頃も、貴族としての礼儀は必要だった。

よって、それは十二歳の少女には、少し不相応だったかもしれない。

「まあまあまあ……！　随分とお辞儀がお上手になって！」

だがそれを見ていた母とオリガは、純粋に喜んで嬉しそうな声をあげるだけだった。

きっとヴィクトリアが何をしても、微塵（みじん）も疑わずに喜んでくれるに違いない。

大人になってからは否定されることの方が多かったからか、二人の盲目的な肯定がただ嬉しかった。

それから朝食をとろうと、母に手を引かれながら、ヴィクトリアは食堂に向かう。

貴族は朝食を個々に自室でとる場合が多いが、仲のいいルシーノヴァ伯爵家では家族で集まって食事をとっていた。

あの事件が起こるまで、間違いなくこの家は、どこよりも幸せな場所だったのだ。

「おはようございます、母上。おはよう、ヴィー！　僕のお姫様は今日も可愛いね」

食堂に向かう廊下で、五歳離れた兄ダニエルと合流した。

ダニエルはヴィクトリアと同じ、銀の髪に薄青色の目をしている。

一見冷たく見えるが、人懐っこく笑うその顔は、とても温かくて。

その表情による差（ギャップ）がたまらないと、数多（あまた）のご令嬢から想いを寄せられている、ヴィクトリア自慢の兄である。

ダニエルが女性たちに囲まれている姿を見るたびに、私のお兄様なのに、と幼い頃のヴィクトリアはよく嫉妬したものだった。

「おはようございます。お兄様」

込み上げてくる嗚咽を必死に堪えながら、ヴィクトリアは微笑んで挨拶をした。

するとダニエルは、ヴィクトリアのために両腕を広げた。

少し年の離れた兄は、ヴィクトリアを溺愛してくれていた。

ためらいなく兄の腕に飛び込むと、ヴィクトリアはその頬に親愛のキスをする。

すっぽりと包み込まれるように抱きしめられれば、視界が潤んだ。

――この後しばらくして、ここバシュラール王国で反乱が起きる。

母方の伯父であるサローヴァ侯爵が起こしたその反乱で、初めて『魔銃』という名の武器が使用された。

それまで戦争で使用される武器といえば、剣や槍や弓、そして魔法だった。

けれどもサローヴァ侯爵の手飼いの魔術師が発明したという『魔銃』は、この国の戦争の形を一変させてしまったのだ。

剣よりも槍よりも弓よりも、射程が広い。

さらには魔法と違い詠唱も不要。精霊に助力を乞う時間も必要もない。それどころか、扱う者の魔力すらも必要がない。

ただ、目標に向けて引き金を引くだけでいい。誰でもできる、簡単な操作。

魔銃を持たせた平民で編成された反乱軍に、我が国の国軍が、名誉ある魔術師団が、あっという間に敗北し、壊滅させられ、たった一年足らずの間に多くの戦死者が出た。

そして、まさに国家が転覆させられるかという、その時。

『魔銃』の仕組みを転用し、アヴェリン公爵レナートの強大な魔力を込めて作られた破壊兵器、『精霊弾』によって、反乱軍の主要な拠点は全て消滅させられることになった。

――そう、文字通り、消滅。

精霊弾が炸裂した後には何も残っておらず、ただ焼けこげた大地だけがあったという。

そうして、この反乱は甚大な被害を出しながらも、終わった。

ほとんどの反逆者はレナートの作った精霊弾によって焼き尽くされ、残党は速やかに捕縛、処刑された。

その際に、ルシーノヴァ伯爵家もまた反逆に加担したとして、糾弾されたのだ。

屋敷の奥深くで大切に育てられたヴィクトリアは、何も知らなかった。

おそらく、知ろうともしていなかったのだろう。

国を揺るがせた反乱すら、ヴィクトリアには遠い世界の出来事だった。

だがそうやって見ようとしなかった世界が、現実が、反乱が鎮圧されると共に、突如ヴィクトリアに牙をむき、襲いかかってきたのだ。

王命によりルシーソヴァ伯爵家は爵位を剥奪され取りつぶしとなり、両親は断頭台の露と消え、兄のダニエルは捕えられ収容された牢獄の中で服毒し自ら命を絶った。

彼はどうか妹だけはと、最期まで幼いヴィクトリアの助命嘆願をしていたらしい。

そしてその願いは、彼の友人であり、反乱を収めた立役者でもあったアヴェリン公爵レナートによって、叶えられることになった。

彼はその武勲の恩賞として、ダニエルの願い通りヴィクトリアの命を選んだのだ。

そしてヴィクトリアだけが、唯一生き残ってしまった。

(――お兄様、大好き)

家族は皆、ヴィクトリアを愛していた。ヴィクトリアもまた、家族を愛していた。

だからこそこのやり直しの人生では絶対に、彼らを助けなければならない。

ヴィクトリアは兄の温かな腕の中で、決意を新たにする。

こうして時間を遡り、あらためて家族と再会してみても、やはりヴィクトリアの家族は皆穏やかで善良な人間であり、かの悪逆な反乱に加担したとは、とても思えない。

おそらくルシーノヴァ伯爵家は、巻き込まれただけなのだ。

（……我が家が反乱に加担したと見なされた理由を、速やかにつぶさなくては……）

時間がない。反乱はすでに計画されている頃合いだ。

そしてたった十二歳の小娘であるヴィクトリアにできることは、あまりにも少ない。

それでもやらなくてはいけないのだ。家族のために、自分のために。

──今度こそこの人生を、正しい方向へと導くのだ。

（そう、少しでも詳細に思い出すのよヴィクトリア。……あの日、あの時、一体何があったのか）

そしてヴィクトリアは、己の記憶を少しずつ遡り始めた。

第二章　私が鉄になるまでのこと

その日、ヴィクトリアは、木箱の中で震えていた。

昨夜、兄のダニエルが持ってきてくれたホットミルクを飲んだら、なにやらすぐに睡魔に襲われたのだ。

「おやすみ。僕の可愛いヴィー」

いつものように兄に額へお休みのキスをしてもらい、すぐに寝台に潜り込んだ。お気に入りの桃色の天蓋をぼうっと眺めているうちに意識が遠のき、それ以降は全く記憶がない。

そして目が覚めたら、林檎（りんご）の匂いのする木箱の中に、しゃがんだ状態で入れられていたのだ。

箱の底には柔らかなクッションが敷きつめられていて、体が痛むことはなかったが、脚や腕を伸ばせないことが、地味につらかった。

（ここは……どこなの？）

もじもじと体を動かしながら、組み合わされた板の隙間から外を覗いてみるが、周囲も暗いようで、何もわからない。

どうやら自分がいるのは、倉庫か何かのようだ。埃のにおいがする。

箱を壊して逃げられないかと、周囲の板を力いっぱい押してみるが、箱入り令嬢であるヴィクトリアの腕力では、ぴくりともしなかった。

(……もしかして私、寝ている間に誘拐されたの……？)

弾き出された答えに、当時まだ十三歳になったばかりのヴィクトリアは、震え上がった。

このままどこかへ売られてしまうのか。それとも身代金目的なのか。

どちらにせよ、もう無事に家には帰れそうにない。

恐怖と絶望で、ぽろぽろと両目から涙がこぼれた。

(お父様、お母様、お兄様……！)

愛しい家族に、心の中で必死に助けを求める。

ついさっきまで、暖かくて安全な自分の部屋にいたはずなのに。

一体どうして突然、こんなことになったのか。

(怖い……助けて……)

泣き叫びたくなる衝動を、ぐっと堪える。

当時ヴィクトリアが好んで読んでいたミステリー小説では、こういった場合に大声を出す人間が、大抵最初に殺されるというセオリーがある。

本当は全身全霊で泣き叫びたかったが、周囲に犯人がいるかもしれない状況で、大きな声をあげることは憚(はばか)られた。

この状態が怖くてたまらなかったが、死ぬのはもっと怖かった。

(声をあげちゃダメ、今はただ、ひたすら耐えなきゃ……)

ヴィクトリアは臆病なりに、生き残るために必死に頭を働かせていた。

(大丈夫……きっと大丈夫よ……)

膝を抱え、声を堪えて泣き続けながら、そう自分を慰める。

きっと近いうちに屋敷からヴィクトリアがいなくなったことに気づき、誰かが助けに来てくれるはずだと。

だが、いくら待っても結局助けが来ることはなく。

泣き疲れたヴィクトリアは、自分で逃げる方法を模索することにした。

泣き虫だが比較的切り替えが早いのは、ヴィクトリアの長所だ。

流れるままだった涙を、手の甲でぐいっと拭う。

目が慣れてきたからか、木の間から溢れる光で、木箱の中の様子が見えるようになっていた。

恐る恐る身の周りを確認する。すると足元に布袋が置かれていることに気づく。

中を開けてみれば、金貨の詰められた革袋と、水の入った瓶、そして保存がきく硬いパンと乾燥させた果物が入っていた。

それを見たヴィクトリアは、さらに混乱した。

食事や水を与えるということは、どうやら犯人はヴィクトリアをすぐに殺すつもりではなさそうだ。

まあ、それはいい。不幸中の幸いである。

だが金銭目的でヴィクトリアをさらったのだとしたら、この金貨の意味がわからない。

（一体どういうことなの……？）

伯爵令嬢であるヴィクトリアから見ても、この袋の中身は十分大金である。

平民であれば何年も遊んで暮らせるような金額だ。――つまりは。

（身代金目的ではない、ということ……）

おそらく今ヴィクトリアの身に起きていることは、金銭目的の誘拐などという、単純なものではない。

どうしようもなく、嫌な予感が胸を焼いた。

泣いて水分を消耗したからか、喉が渇いたヴィクトリアは、水の入った瓶を開けようとする。

けれど、瓶の開け方がわからない。

なんせこれまで飲み物を所望した際は、一声かけるだけで侍女がグラスに入れて手元まで持ってきてくれたからだ。

時間をかけ、なんとか瓶を開けることに成功したが、オリガに毎日綺麗に磨いてもらっていた爪が、二枚折れてしまった。

悲しい気持ちになりながらも、一口水を飲む。

ただの水が、こんなにも甘く感じたのは、生まれて初めてだった。

おそらく軽く脱水を起こしていたのだろう。恐る恐るさらに数口飲む。

いつここから出られるかわからないのだ。一気に飲んだら後がなくなってしまう。

それなのに、水を摂取したからか、またヴィクトリアの目から涙が溢れてきた。

こんなところで水分を無駄にしてはならないと、唇を噛みしめて堪える。

色々とあがいてはみたものの、結局木箱を内側から開ける手段は見つからず。

やがて体力が尽き、まともに動くこともできなくなった。

（死にたくない……誰でもいいから……助けて……。お願い、神様……）

ヴィクトリアは心の中で、必死で神に祈った。そして。

「君！　大丈夫か……!?」

その祈りが通じたのか。ヴィクトリアは突然助け出されることになった。

木の箱がこじ開けられ、朦朧とした意識の中で見えたのは、見知らぬ男性の姿。

「神様……？」

太陽を背にした彼は、まるで後光が差しているように見え、神々しささえ感じるほどに美しく。

ヴィクトリアは思わずそんなことをつぶやき、そのまま意識を失ってしまった。

――それから、どれほどの間、眠っていたのか。

「目が覚めたかな？」

ヴィクトリアの意識が浮上し、うっすらとひどく重い瞼を開け、白い天井を見上げていると、わずかに喜色を滲ませた声がかけられた
その方向へ目線を動かせば、意識を失う前に見た美しい男性がいた。

「かみ……さま？」

ヴィクトリアの言葉に、彼は困ったような笑みを浮かべ、首を横に振った。

そして彼が生きているただの人間だと知り、羞恥で頬を赤らめる。

だが極限の状態で差し伸べられた手を、神のものと勘違いしてしまうのは仕方がないことだと思う。

「私はレナート・アヴェリンという。君の兄君の友人だ」

その名を、ヴィクトリアは兄ダニエルから聞いたことがあった。

なんでも公爵家の後継に、仲良くしてもらっているのだと。

『僕なんかよりずっと身分が上なのに、ちっとも偉ぶったところがなくてさ』

そう言って笑っていた。信頼できる友なのだと。

――その友人の名が確か、『レナート』であったはずだ。

つまり彼は、アヴェリン公爵家の子息であり、後継だということで。

ヴィクトリアが、気安く言葉を交わしていい相手ではないということだ。

失礼があってはならないと、ヴィクトリアは必死で身を起こした。

だが、体がひどく弱っているせいで、よろけてしまった。

すると慌てたようにレナートが手を伸ばし、その背を支えてくれる。

「あの、恥ずかしいところをお見せいたしまして、申し訳ございません。お初にお目にかかります。ルシーノヴァ伯爵が長女、ヴィクトリア・ルシーノヴァと申します」

寝台の上で、できる限りの淑女の礼をとる。

長い間木箱に詰められていたせいで、足の筋肉が完全に衰えてしまっており、とてもではないが、立ち上がることはできそうになかった。

「このたびは助けていただきまして、ありがとうございます」

そしてヴィクトリアは心から礼を言った。

あの木箱から自分を助けてくれたのは、間違いなくこのレナートであると確信したからだ。

「ああ……ほかでもないダニエルの頼みだからな」

レナートがまた困ったように言った。その言葉に、彼の葛藤が透けて見える。

なぜか、ひどく胸が重くなった。嫌な予感が、いまだに消えない。

「……あの……それで……一体私に何があったのでしょうか。私の家族は……」

するとレナートは痛ましげな顔をして、ヴィクトリアを見つめた。

伝えねばならないことを、言いあぐねているようだ。

それはつまり、できるならばヴィクトリアに伝えたくはない、恐ろしいことであるということで。

しばらくの逡巡の後、レナートは覚悟を決めたように口を開いた。

「落ち着いて聞いてほしい。君の家であるルシーノヴァ伯爵家は、国王陛下の命により取りつぶしとなった」

「……はい？」

「君のご両親が、反逆罪に問われたんだ」

ルシーノヴァ伯爵家は、このたび起こった反逆に加担したものとして取りつぶしとなり。

両親はすぐに処刑され、兄のダニエルは取り調べを待つ牢獄の中で、自ら命を絶ったのだという。

ヴィクトリアの全身から、血の気が引くのがわかった。

心臓がばくばくとうるさく鼓動を打って、耳の奥で響く。

強く握りしめすぎた手のひらは、爪が刺さって血を滲ませていた。

「ご、ごめんなさい……あの……おっしゃっていることがよくわからなくて……」

「……つまりはヴィクトリア嬢。君にはもう帰る家がない、ということだ」

淡々と事実だけが紡がれたその言葉は、まるで死刑判決のように、ヴィクトリアの耳には聞こえた。

「そして私は、君だけはどうしても助けてくれと、ダニエルから頼まれた」

『レナート。頼む。どうか、妹だけは助けてやってくれないか。まだ子供なんだ』

自分たちが反逆罪に問われることを察した家族は、せめて何も知らない幼いヴィクトリアだけは救おうと、睡眠薬を飲ませ木箱に詰めて密かに屋敷から出し、出荷する果物類に紛れ込ませて領外へと逃したのだ。

そしてレナートは、自害する前の兄から、箱に詰められ運ばれていったヴィクトリアが保管されている場所を伝えられ、助けに来たのだという。

「嘘……嘘だわ……！　そんなの……！」

それを聞いたヴィクトリアは、なりふりかまわず泣き叫んだ。

自分だけが何も知らないまま、救われてしまっただなんて。

事実は、あまりにも残酷だった。

――半年前。ヴィクトリアの母の実家であるサローヴァ侯爵家が首魁（しゅかい）となり、反乱が起きた。

侯爵は前王妃亡き後、後妻として嫁いだ娘の産んだ第二王子を王位につけようとして、反逆を起こしたようだ。

新たな武器『魔銃』の開発に成功したこともあり、戦況はサローヴァ侯爵に圧倒的に有利に働いた。

そしてそのサローヴァ侯爵家へ、『魔銃』と『魔弾』を作るための鉄鉱石を、ヴィクトリアの生家であるルシーノヴァ伯爵家の鉱山が供給していたことが、今回反逆と見なされた大きな理由らしい。

「……正直、私は君のご両親やダニエルが反逆に加担したとは、思っていない」

だがルシーノヴァ伯爵家から供与された鉄鉱石で反乱軍の殺戮兵器は作られ、結果多くの王国軍兵士や魔術師の命を奪うことになったのは、事実。

そうしてヴィクトリアの両親や兄は、罪に問われることとなってしまったのだ。

(優しいお父様とお母様が、賢いお兄様が、そんなものに加担するとは思えない)

彼らが反逆のことを知っていたら、サローヴァ侯爵家に協力していたはずがない。

おそらく彼らはただ利用され、巻き込まれてしまったのだろう。

反逆の認識がなかったとしても、多くの命を奪ったという事実は、罪は、消えない。

そして、真実を知ることも、もうできない。

だって、もう、みんな死んでしまったから。

(時間が戻ればいいのに……)

過去に戻りたい。――幸せだった時間まで。家族が生きていた時間まで。

ヴィクトリアは深く絶望し、そして、生きる気力を失ってしまった。

（死にたい……家族のところへ行きたい……）


ヴィクトリアは希死念慮に囚われてしまい、そればかりを考えるようになった。

感情をなくし、表情をなくし、食事もとれず、眠ることもできず。

ただそこにあるだけの、死んでいないだけの、人形のようになって。

一ヶ月が経っても全く回復の兆候が見られないヴィクトリアを、レナートは反逆者の娘であることを知りながら、病院から公爵邸に引き取ってくれた。

レナートが内乱を収めた恩賞として、国王陛下にヴィクトリアの助命嘆願をしてくれたのだと聞いたのは、彼女が大人になってからのことだ。

ヴィクトリアの命を助けたのだから、もっと恩着せがましくしてくれればいいものを、レナートはそれすらしてくれない。

それどころかヴィクトリアが突発的な行動を取らぬよう、常に人をつけ、忙しい中でも必ず毎日会いに来た。

おそらくはヴィクトリアが生きていることを、確認するために。

現実を直視できず、自我も感情も放棄してしまったヴィクトリアに、レナートは返事がないとわかっていても、せっせと話しかけた。

本人は全く興味がないであろう、女性が好きそうな話題を携えて。

「ヴィクトリア嬢、知っているか。最近の流行りのドレスは、裾が大きく盛り上がった形をしているんだ。その後ろ姿がアヒルのように見えて、私はいつも笑ってしまいそうになるんだよ」

その大きな手に、これまた全く似合わぬお菓子の箱を持って現れることもあった。

「最近流行っているメレンゲ菓子というのを買ってきたんだが、食べてみないか？私も一つ食べてみたんだが、口の中でさっと溶けて面白いんだ」

少しでもヴィクトリアの反応を促そうとしたのだろう。

神妙そうに彼女に語りかけるレナートのその姿は、後にアヴェリン家使用人たちの語り種となった。

「ほら、我が家の料理人が君のために作ったケーキだよ。きっと甘くておいしいはずだ。少しでもいいから食べてみないか？」

さらに自分自身はほとんど食べない甘い菓子類を公爵邸の料理人に作らせては、何も食べないよりはいいからと、必死にヴィクトリアの唇の中に押し込んできた。

正直、味などまるでわからない。だが幼い頃から礼儀を叩き込まれて育ったヴィクトリアは、一度口の中に入ってしまったものを吐き出すことはできなかった。

「偉いぞ。ヴィクトリア」

仕方なく咀嚼し飲み込めば、それを見たレナートは、目を輝かせて喜んだ。

おそらく彼は友人ダニエルの遺した妹を、死なせないために必死だったのだろう。

馬鹿みたいにヴィクトリアの行動一つ一つを喜び、褒めてくれた。

（……次に、彼が会いに来てくれるまでは、生きてみようか）

次第にヴィクトリアは、そんなことを思うようになった。

未来を夢見ることは、まだ難しい。

けれど彼が会いに来てくれる間くらいは、生きていてもいいだろう。

そしてそれを毎日繰り返すうちに、気がつけば随分と時間が流れていた。

そのうちヴィクトリアの存在を知ったらしい、レナートの妹であるエカチュリーナまで部屋に乱入してくるようになった。

エカチュリーナはヴィクトリアと同じ十三歳。

柔らかく波打つ黒髪に、兄であるレナートと同じ、真っ赤な目が印象的な絶世の美少女だった。

そして彼女は一見儚げな容姿をしながら、非常に押しが強く、気も強く、さらには行動力の塊であった。

「ねえヴィクトリア。あんな堅物のお兄様の相手ばかりではつまらないでしょう？

「わたくしと一緒にお茶をしましょう！」

そう言って無気力に座っているだけのヴィクトリアの手を無理やり引っ張って、庭園へと連れ出す。

それから相変わらず口を開かないヴィクトリアに、まるで流れる水のように延々と一方的に話しかけ続けるのだ。

そもそも彼女はヴィクトリアの返事など求めていないのだろう。だからこそ楽だった。

エカチュリーナの話を聞き続けていたら、ヴィクトリアは公爵邸の外に一歩も出ていないというのに、やたらと社交界における流行や、貴族の醜聞について詳しくなってしまった。

エカチュリーナときたら、その見た目にそぐわず、とにかく下世話な話が大好きなのである。

そんな日々を過ごしているうちに、ヴィクトリアは自分がここで死んだら、命を賭して自分を助けてくれた家族と、ここまでしてくれるレナートとエカチュリーナに申し訳ないと思うようになった。

彼らに報いるためには、自分が生きるしかないのではないかと考えるようになった。

おそらく他人を慮れるほどに、心身共に回復してきたということなのだろう。

本当はアヴェリン兄妹の言葉に返事をしたいし、これまでの献身に対する礼を言いたい。

けれど、まだその気力が出ない。

「悲しむのは悪いことではない。君は好きなだけ、悲しんでいていいんだよ」

そんなヴィクトリアの焦りを感じたのか、レナートはそう言って慰めてくれた。

ありがたいと思った。こんなに優しくされながら、何も返せない自分がつらかった。

ヴィクトリアが死んだらきっと二人は、二人だけは深く悲しんでくれるだろう。

だからこそ、自分は死んではいけないのだと、ようやくそう思えるようになった。

彼らのことが大好きだからこそ、そんな報われない思いをしてほしくない。

（……生きよう）

やっと、そうはっきりと、ヴィクトリアは思うことができた。

そしてヴィクトリアは、口に食べ物を運ばれずとも、自ら進んで食事をとるようになった。

少しずつながら、生きるための行動を、自ら取り始めたのだ。

やはりレナートとエカチュリーナは、それを我が事のように喜んでくれた。

「ねえヴィクトリア！　聞いてちょうだい！　わたくし、結婚が決まったのよ！」

そんなある日。共にお茶をしていたエカチュリーナが、誇らしげにそんなことを言った。

一方それを聞いたレナートは、悩ましげに額を押さえた。

「しかもお相手は誰だと思う？」

レナートが頭を抱えてしまうような相手なのかと、ヴィクトリアは思わず心配になってしまう。

「なんと！　まさかの我が国の王太子殿下よ！　わたくし、王太子妃になるの！」

するとレナートが、この世の終わりのような顔をした。

ヴィクトリアはなぜだろうと首をかしげる。

エカチュリーナは、地位も容姿も頭脳も全てにおいて王太子妃にふさわしいと思うのだが。

「……悪夢だ……。このじゃじゃ馬愚妹がこの国の王太子妃、ひいては王妃になるなんて……国が滅ぶんじゃないか……？」

「ちょっとお兄様！　失礼にもほどがあるわ！　妹がこの国の女性として最も高い地位に就くのよ。兄としてもっとわたくしを誇りに思い、褒めたたえなさい！」

「私の心労が増える未来しか見えないんだが……！」

そんな二人の会話に、ヴィクトリアはわずかに目を細める。

『王太子様はね、とーっても素敵な方なのよ』

つい最近エカチュリーナが、そう言ってうっとりしていたことを、ヴィクトリアは覚えていたのだ。

そしてどうやらこのたび彼女は、見事初恋を叶えたらしい。おそらくは、力尽くで。

ヴィクトリアはそのことを、ただ素直に喜んだ。

（よかった……本当によかった……）

大好きな人が幸せになることが、この上なく嬉しくて。

だからこそどうしても、自分の言葉で祝福をしたくて。

「――おめ、でと……ございます」

途方もない勇気を出して、必死に紡いだ声は、たどたどしく聞き取りづらい、実にひどいものだった。

だがそれを聞いた途端。レナートは大きく目を見開き、エカチュリーナは大粒の涙を溢れさせた。

「おじょうさまなら、ぜったいに、だいじょうぶ……です」

エカチュリーナならば絶対に、明るく国を引っ張っていく、素晴らしい王妃になるに違いない。

むしろこの国を、裏で牛耳るくらいのことをしてくれるはずだ。

なんとか声の出し方を、言葉の紡ぎ方を思い出して、今度は先ほどよりも若干なめらかな口調になったと安堵したところで。

——突然ヴィクトリアの視界が、真っ暗になった。

しかも体を、ぎゅうぎゅうと締めつけられている。

(え？　何？　なんなの？)

「ヴィクトリアがしゃべったーっ……！」

「ああ、もう一度聞かせてくれっ……！」

ヴィクトリアの体を締めつける何かが、涙声でそう言った。

「おじょうさま？　かっか……？」

どうやら体に絡みついているのは、レナートとエカチュリーナの腕であったらしい。

ヴィクトリアも勇気を出して恐る恐る、兄妹の背に手を回す。

するとそれに気づいた二人は、嬉しそうに笑った。

ヴィクトリアが家族を失ってから、すでに一年以上が経っていた。

それだけの時間を要して、ヴィクトリアはようやく一歩踏み出す勇気が出たのだ。

それからは、さらに生きることに前向きになった。

これから先の未来を、生きる覚悟ができたのだ。

ヴィクトリアは、それから心身共に目覚ましい回復を見せた。

なんせ四年後、エカチュリーナの成人を待って行われる予定の王太子殿下との世紀の婚礼を、この目で見るまでは絶対に死ねないのだ。

そしてレナートからこれまでに受けた多大なる恩を返すまでは、絶対に死ねない。

次第に言葉を流暢にしゃべれるようになり、体も思うまま動くようになってきた。

食事も量をとれるようになり、日常生活を問題なく送れるまでになった。

けれども相変わらず顔だけは、凍りついたまま。

家族を失ってから、ヴィクトリアの表情は完全に失われてしまったらしい。

表情を司る感覚がなぜか遠く、自分の意思で動かすことができないのだ。

それほどまでにヴィクトリアの負った心の傷が、深かったということなのだろう。

だがそれ以外は、いたって健康体である。

よってもう、この場所から独り立ちせねばなるまい。

（これ以上アヴェリン公爵家に迷惑はかけられないもの……）

なんせヴィクトリアは、完全なる居候である。

ただレナートとエカチュリーナの善意で、公爵邸に置いてもらっているに過ぎない。

だがここを出ると、ヴィクトリアに許された道は、二つしかない。

修道院に入り信仰に生きるか、それとも名を捨てて平民として生きるか。

反逆者となってしまったルシーノヴァ伯爵家の名は、すでにこの国において禁忌とされている。

よってルシーノヴァの名を背負ったままでは、俗世において生きる術がない。

ヴィクトリア・ルシーノヴァのまま生きようとするのなら、修道院に入るしかない。

（まあ、それも悪くないかもしれないわね……）

己を信心深いとは思わないが、修道院で喪われた家族の冥福と、アヴェリン公爵家の二人の幸せを祈りながら残された余生を過ごすのは、悪くない選択ではある。

だがそれを話したところ、エカチュリーナは、烈火のごとく怒った。

「そんなの、許せるわけがないでしょう！　修道院なんて冗談じゃないわ！　わたくしの大切な親友を、神なんかに奪われてたまるものですか！」

「お、お嬢様。誰かに聞かれたらどうするのです？」

大好きなエカチュリーナは、今日も今日とて過激である。

うっかり神官などに聞かれたら、宗教裁判にかけられてしまいそうな暴言である。

ヴィクトリアは慌てて周囲を見渡し、聴衆がいないことを確認して安堵の息を吐く。

「お願いヴィクトリア！　修道院になんて行かないで……！　わたくしを捨てる気……!?」

「ですからお嬢様。誰かに聞かれたらどうするのですか……！」

大好きなエカチュリーナは、やはり今日も今日とて暴走している。

これから王太子妃になろうとしているのに、王太子以外に想う相手がいると勘違いされてしまいそうな言動である。

またしてもヴィクトリアは慌てて周囲を見渡し、聴衆がいないことを確認して安堵の息を吐く。

確かに修道院に入れば、俗世と切り離され、それ以降アヴェリン公爵家の二人に会うことは、難しくなるだろう。

下手をすれば、死ぬまで彼らに会えなくなるかもしれない。

確かにそれはとても寂しいことだと、ヴィクトリアは思った。

一方レナートも、なにやら渋い顔をして、考え込んでいる。

亡き友人が遺したヴィクトリアを修道院などに入れたら、合わせる顔がないとでも思っているのかもしれない。

(本当に誠実で、優しい人たちだわ……)

本来ならもっと早い段階で、彼らはヴィクトリアを修道院へ放り込むべきだったのだ。

けれどこうしてヴィクトリアに、ゆっくりと心身を回復させる時間をくれた。

ただひたすら、感謝しかない。このまま修道院に入ってしまえば、彼らの幸せを遠くから祈るくらいしか恩を返せないことが心苦しい。

「ヴィクトリアはずっと、わたくしのそばにいればいいのよ!」

「……ですが元気になったからには、これ以上はお世話にはなれませんから……」

これまでは、彼らを頼らねば生きてはいけなかった。だが、これからは違う。

ヴィクトリアが恐縮すると、エカチュリーナはその形のいい唇を可愛らしく尖(とが)らせてみせる。

それからレナートとヴィクトリアの顔を交互に見て、何かが腑(ふ)に落ちたように、ポンと手を叩いた。

「そうだわ! だったらヴィクトリアがこのままお兄様に嫁いでしまえばいいんじゃない⁉」

そして名案だとばかりに、とんでもないことを言い出した。

それを聞いたヴィクトリアとレナートが、同時に目をむく。

「ヴィクトリアがわたくしの代わりに我が家の女主人になってくれるなら、安心して殿下の元に嫁げるもの！　ね、そうしましょ！」

さらなるエカチュリーナの暴走が止まらない。

ヴィクトリアは慌ててブンブンと、頭を横に振った。

そんなおこがましいことは微塵も考えていないのだと、レナートに主張するために。

「お気持ちは嬉しいのですが、無理です」

そしてはっきりと拒否をした。己の身の上で、公爵夫人になどなれるわけがない。

だが、自分で口に出しておきながら、ヴィクトリアの心がわずかに軋んだ。

「どうして？　絶対にお似合いだと思うのに」

がっかりした顔をするエカチュリーナに、ヴィクトリアは頭を抱えた。

(だからどこをどう見たらそんな結論に……⁉)

それに残念ながらこれは、そんな簡単な問題ではないのだ。

「無理です……」

図らずもうっかりヴィクトリアに振られたような形になってしまった、レナートの顔が若干引きつって見える。

あまりに申し訳なくて、ヴィクトリアは肩を落とした。

「……お嬢様。私は反逆者の娘です」

そう、ヴィクトリアはあくまでも、忌むべき反逆者の娘だ。

本来ならば、この首を落とされているべき存在であり、公爵家の人間と口をきくことすら許されない立場なのだ。

生きていることさえおこがましい。そんな、どうしようもない身の上。

するとエカチュリーナが、明らかに怒りの表情を浮かべた。

本当に優しい方だと思う。もしヴィクトリアに涙が流せたのなら、きっと泣いていることだろう。

「……私はヴィクトリアを、妹のように思っている」

すると、それまでずっと沈黙を守っていたレナートが、口を開いた。

とても光栄なことであり、間違いなく嬉しいはずなのに、なぜかヴィクトリアの胸に、ちくりと小さな痛みが走った。

その痛みの正体が自身でもわからず、一体なんだろうと、内心首をかしげる。

一方エカチュリーナは、心底呆れたような顔をして、肩をすくめた。

「あら？　お兄様。それにしてはわたくしとヴィクトリアに対する扱いが、随分と違うのではなくて？」

「ふむ。ならば言い換えよう。私はヴィクトリアを、可愛い妹のように思っている」

「あら？　それでは遠回しにわたくしを可愛くないとおっしゃっているように聞こえましてよ？」

「その通りだ。生意気な方の妹よ。よくわかっているじゃないか」

「まあ！　奇遇ですわね。わたくしもお兄様を、どうしようもなく不甲斐ない、意気地なしの兄だと日々心の中で罵っておりますもの。お揃いね」

二人の軽快な言葉の応酬に、ヴィクトリアは顔がムズムズした。

きっと笑うことができたなら、腹を抱えて笑っていただろう。

互いにひどいことを言っているが、実のところ二人は言いたいことを言い合える、とても仲のいい兄妹なのだ。

「……とにかく、話を戻そう。つまりは私もエカチュリーナも、ヴィクトリアを大切に思っている、ということだけはわかってほしい」

もちろん、そんなことはよくわかっている。

彼らは絶望のあまり、外界とのつながりを遮断してなんの反応も示さなくなってしまったヴィクトリアの元に、懲りずに毎日通い、諦めずに話しかけ続け、最終的には見事外の世界へと引きずり出したのだから。

それは、生半可な覚悟でできるようなことではない。

「もちろん閣下とお嬢様から大切にしていただいていることに、心から感謝しております」

「ねえ、ヴィクトリア。わたくしの名前はエカチュリーナよ。お嬢様ではないわ」

するとエカチュリーナがいじけたように、唇を愛らしく尖らせる。

「わたくし、あなたを親友だと思っていてよ」

つまりはだから、ヴィクトリアに名前で呼べと言っているのだろうか。

「ですが……お嬢様」

「エカチュリーナよ。名で呼んでくれないのなら、もう返事をしてあげないわよ」

ぷいっとそっぽを向きながらも、気になるのかチラチラとこちらを目線だけで見てくるエカチュリーナがとても可愛い。

こんなに美しいのに、なんと可愛さまで持ち合わせているとは。

さすがは次期王太子妃殿下である。

「はい、エカチュリーナ様」

観念したヴィクトリアが名を呼べば、エカチュリーナはにっこりと満足げに笑ってくれた。

真実ヴィクトリアのことを、親友だと思ってくれているのだろう。——これほどまでに身分の差がありながら。

ヴィクトリアの心に、温かなものが満ちる。

そんな仲良しな妹二人を羨ましそうに見やったレナートは、何かを思い悩むように小さく唇を噛みしめてから、重々しく口を開いた。

「……ヴィクトリア。私はこれから君に、ひどいことを言う。どうか許してほしい」

レナートが言わんとしていることは、大体想像がついた。

（大丈夫、大丈夫よ……）

おそらく、とうとうこの幸せな関係に、終止符が打たれるのだろう。

つまりは反逆者の娘としての、正しい扱いに戻るだけのことだ。

もちろんヴィクトリアは今でも、両親や兄が反逆に加担したとは思っていない。

だがこの国の事実として、ヴィクトリアは反逆者の娘なのだ。

「どうか、お気になさらず。私は大丈夫ですから」

これまでが、あまりにも厚遇すぎたのだ。それが、あるべき姿に戻るだけのこと。

全てを受け入れる覚悟が込められたヴィクトリアの言葉に、レナートはまた少し逡巡した後で、観念したように言葉を紡いだ。

「――名前を捨ててほしい」

「ちょっとお兄様！　それはあまりにも……！」

それを横で聞いていたエカチュリーナが立ち上がり、兄に反論する。

名を捨てるとは、おそらくルシーノヴァ伯爵家の家名のことだろう。

「ルシーノヴァの名が、君に残された家族との唯一の縁であることはわかっている。けれども、その名は枷になり、君の未来はひどく狭められることになる」

エカチュリーナがイライラとレナートを睨みつける。

けれどもヴィクトリアは、素直に一つ頷いた。

彼が口にしたことは、確かにひどいことかもしれない。けれども真実だ。

そしてヴィクトリアのためを思って発せられた言葉だと、わかっていた。

エカチュリーナも悔しそうにしつつも、それ以上は何も言わない。

おそらく彼女もわかっているのだ。ルシーノヴァの名がヴィクトリアが生きていく上で、もう呪いにしかならないことを。

さらに反逆者の娘を匿っていたことが表沙汰になれば、アヴェリン公爵家に叛意があるなどと、邪推する輩も必ず出てくることだろう。

それでなくとも、これから王太子妃を出そうとしている家なのだから。

（私は、これ以上ここにいてはいけない……）

アヴェリン公爵家には、もう、少しの瑕疵も許されない。

「……わかりました」

「……すまない」

レナートは肩を落とし、頭を下げた。

やっぱり優しい人だとヴィクトリアは思う。彼は微塵も悪くないのに。

「ではこれからヴィクトリアは、我がアヴェリン家の娘ということで……」

「……いや、ちょっと待ってください」

そしてなにやらヴィクトリアの耳に幻聴が聞こえた。彼は一体何を言っているのか。

「まあ！　素敵！　それならヴィクトリアはわたくしの妹になるのね！」

「……いやいや、ちょっと待ってください……！」

やはり聞き間違いでなければ、ヴィクトリアが公爵家の養女になることになっている。

いきなり話がかっ飛びすぎである。ヴィクトリアの悲壮な覚悟を返してほしい。

一体なぜ、そんな無茶な話になったのか。

「実は前もって手続きを進めていたんだ。残すは君の署名だけだ」

レナートが執事に命じて持ってこさせた養子縁組の書類は、確かにすでに必要項目が全て埋められており、残すところヴィクトリアの署名だけとなっていた。

養父母欄にしっかりと兄妹の両親である、前公爵と公爵夫人の署名まである。

どうやってこの署名をもぎ取ってきたのか。ヴィクトリアは震えた。

これに署名すれば、レナートは兄となり、エカチュリーナは姉になってしまう。

いや、本当にちょっと待ってほしいと、ヴィクトリアは思った。

反逆者の娘を養女にしたら、明らかに問題しかないだろう。

「これからは兄として君を守っていこうと思う。安心して任せてくれ」

「まあまあ！　お兄様もたまにはいい仕事をなさいますわね……！」

そしてこの兄妹の、決断力の速さと押しの強さはなんなのか。

「無理です」

はっきりとヴィクトリアが断れば、兄妹はガーンと衝撃を受けた顔をした。

おかしい。なぜこちらが加害者のような事態になっているのか。

「そうか……そんなに我が家は嫌か……。ならば仕方ない。君を養女にしてくれる貴族を探して――」

「いえ、結構です」

ヴィクトリアは再度はっきりと首を横に振った。

反逆者の娘であるヴィクトリアを引き取ろうとする、奇特な貴族などいないだろう。

――ここ、アヴェリン公爵家以外には。

それでもきっとレナートは、ヴィクトリアが望めば必死で養子縁組先を探そうとしてくれるのだろう。

だがさすがにこれ以上、優しい彼らに迷惑はかけられない。

「では、これからどうするつもりだ？」

心配をする彼らに、ヴィクトリアはきっぱりと言った。

「……私は、平民として生きていこうと思います」

その決意を聞いて、レナートもエカチュリーナも、驚いた顔をした。

これまで貴族令嬢として人に傅(かしず)かれて生きてきたヴィクトリアが、いまさら平民として生きる。それは、そう簡単なことではない。

「そんな……無理よ……」

エカチュリーナが顔色を変えて、泣きそうな顔でヴィクトリアを見つめる。

「そうだわ。だったらせめて、わたくしの侍女として――」

「いえ、公爵家の侍女は、皆貴族のご令嬢ですから。そこへ平民になった私が交ざるわけにはまいりません」

エカチュリーナに仕えている侍女たちは、皆男爵家や子爵家、それらの縁戚関係にある者たちだけで構成されている。

とてもではないが、平民が働ける職場ではないのだ。

「主人であるわたくしがいいって言っているのだから、いいのよ！」

今日もエカチュリーナは過激で傲慢である。だが、そんなところも大好きである。

それは全て、ヴィクトリアのことを思ってのことだと、わかっているから。

「私はどうしてもこれ以上、アヴェリン公爵家の負担にはなりたくないのです」

それでなくとも、もう十分すぎるほどに良くしてもらったのだ。

これ以上を望むのは、あまりにもおこがましいというものだ。

修道院に入らないのなら、ヴィクトリアに残された道は、やはり平民として分をわきまえて、生きることだけだった。

「……わかった」

「お兄様‼」

「私はヴィクトリアの意志を尊重しよう」

エカチュリーナがとがめるような声をあげるが、レナートはヴィクトリアの覚悟を受け入れることにしたようだ。

「……ただし君の行き先は、私の手の内にしてもらう」

「え……？」

「君はあまりにも世間を知らない。なんの経験もない平民の女性が、心身を傷つけずに働ける場所など、ほとんどない。……だから諦めて、しばらくは私の庇護(ひご)下にいてほしい」

世間知らずのヴィクトリアが、せめてひとりでも生きていけるだけの力がつくまでは、と。

それはほぼ命令に近く、ヴィクトリアは逆らえず、何も言い返せなかった。

そしてレナートは、ヴィクトリアをアヴェリン公爵家の事務官として雇ってくれた。

それすらも最初は恐縮したものの、実際に公爵邸から少し離れた使用人用の寮に移ったヴィクトリアは、己の生活力のなさに愕然とした。

よく考えてみれば、これまで着替えすらまともに自分でしたことがなかったのだ。

こんな状況で、よくも独立するなどと胸を張って豪語できたものである。

やはり、レナートは正しかった。

どうやらしばらくはレナートの庇護下にいざるを得ないようだと、ヴィクトリアは肩を落とした。

ならば、とヴィクトリアは、与えられた仕事を全うしようと懸命に取り組んだ。

同僚の事務官たちは同じ平民でも、子供に学を与える程度には余裕のある裕福な家庭の者が多く、案外世間知らずなのは、ヴィクトリアだけではなかった。

おかげでそれほど周囲から浮くこともなく、過ごすことができた。

平民として生活することで、様々な情報も入ってくるようになった。

これまでは反逆者の娘であるヴィクトリアに、レナートが気を使ってくれていたのだろう。

アヴェリン公爵邸で、あの反乱について語る者はいなかった。

けれど公爵邸を出てみれば、その話は普通に人々の日常的な会話の中にあった。

反乱がどれほどの規模で、どれほどの死者が出て、どのように鎮圧されたのか。

知れば知るほど、ヴィクトリアは自分たちがなぜ許されなかったのかを知った。

反乱時、首魁であるサローヴァ侯爵は、平民たちを甘い言葉で唆(そそのか)し、いくらでも補充が利く兵士として魔銃を持たせ、前線に送り込んだのだという。

引き金を引くだけで人の命を奪える、その画期的な兵器は一気に戦況を覆した。

そしてなんの罪もない多くの国民たちが殺し合い、その命を落とすことになった。

魔銃という武器に対する、人々の憎しみ、嘆きは深かった。

だからこそ、その材料となった鉄鉱石を、サローヴァ侯爵に優先的に供与したルシーノヴァ伯爵家は、皆に恨まれ、罪に問われたのだろう。

大量生産された魔銃の力を持って、反乱が成功し国家が転覆すると思われた、その時。

反乱軍を殲滅(せんめつ)させたのが、アヴェリン公爵レナート、その人だった。

彼の魔力を限界まで詰め込んだ魔石を、反乱軍の本拠地中心部で炸裂させたのだ。

それは、魔銃に装填される魔弾と、ほぼ同じ仕組みのもの。

『精霊弾』と名づけられたその大量破壊兵器は、反乱軍を跡形もなく消滅させた。

この国一番の魔術師が作った魔弾は、とんでもない破壊力を持っていたのだ。

レナートは秘密裏に製造された『精霊弾』に、どれだけの威力があるか想定できず、それを実戦に使うのは非人道的であると最後まで抵抗していたようだが、サローヴァ侯爵にこの国を掌握されれば、それ以上の人的被害が出ると国王に説得され渋々ながらも協力し、その兵器は使用された。

そして、めでたく反乱軍は鎮圧された。あまりにも多くの被害と共に。

皆、レナートを英雄だと褒めたたえる。

けれどもその一方で、皆、レナートをひどく恐れてもいた。

レナートが反乱軍の本拠地へと撃ち込んだ精霊弾は、瞬(まばた)きの間にその地を焦土に変えた。

それが自分へと向けられることを想像すれば、皆のその感情も理解できる。

ヴィクトリアは生への執着があまりなく、レナートに殺されるのならそれはそれでいいか、などと考えてしまうため、彼自身を恐れることはないのだが。

(レナート様が、私を助けてくださったのは、己の魔力で奪ってしまった、多くの命への贖罪(しょくざい)もあったのかもしれないわね)

つまりヴィクトリアは、とても運がよかったということだろう。

ヴィクトリアは同僚たちと共に、少しずつ生きる術を学んでいった。

やがて着替えも洗濯も掃除も、さらには軽い料理までも、大体自分でできるようになった。

社交デビュー前であったため、容姿がそれほど周囲に知られていないことも幸いし、彼女の出自が周囲に露見することもなかった。

同僚たちも、ヴィクトリアに何かしらの事情があることは察しているのだろうが、それをわざわざ詮索する余裕は、なかったようだ。

なんせ、事務官の仕事が死ぬほど忙しかったので。

毎日が戦争である。それでも充実した日々である。

（本当に、レナート様には感謝しかないわ……！）

なんとかこの恩を返したいと、ヴィクトリアは必死で学び、働き、仕事を覚えた。

どうにかして少しでも、レナートの役に立ちたかったのだ。

仕事だと割り切れば、これまで苦手だった人との折衝もできるようになった。

しかも表情が作れなくなったことで、元々の酷薄そうな雰囲気の顔がさらにすごみを増したらしく、相手が怯えて折れてくれることが多くなった。

ヴィクトリアが無表情で淡々と話を詰めていく様子は、なかなかに圧迫感があるそうだ。たとえ本人に、そんなつもりがまるでなかったとしても。

若干心外であるものの、無表情であることは、小心者のヴィクトリアの強力な武器となった。まさかの副産物である。

そして仕事上では、いっさいレナートを頼るような真似はしなかった。

これ以上彼の負担になることは絶対にしないと、心に決めていたからだ。

職や住む場所を斡旋してもらっただけでも、ありがたいのだ。これから先は、自分の力でなんとかしなければなるまい。

「何かあったら、すぐに私に言うように」

レナートからは何度もそう念を押されたが、ヴィクトリアは頑なに「大丈夫です」としか答えなかった。

(きっと、可愛げのない女だとお思いでしょうね……)

だがひとりで生きていけることを、彼の役に立てるということを、ヴィクトリアはどうしても証明したかったのだ。

――ヴィクトリアが契約精霊のキーラと出会ったのは、そんな働き始めの頃だ。

おそらくレナートは、強がってはいてもヴィクトリアが徐々に新生活の中で追いつめられていることを、察していたのだろう。

気晴らしになればと、王都への出張の随行員のひとりとして、ヴィクトリアを指名してくれたのだ。

だが結局は新人に任せられる程度の仕事などほとんどなく、ヴィクトリアは早々に時間を持て余してしまった。

「気にせずゆっくりしているといい。手が空いたら王都を案内しよう」

などとレナートは優しく言ってくれたが、暇な時間は生真面目なヴィクトリアにとって、苦痛でしかない。

忙しくて頭の隅に追いやられていたつらく苦しい思い出が、次から次に溢れ出してはぐるぐると頭の中を巡り、鬱々とした気分になってしまうのだ。

じっとしていることができず、ヴィクトリアはひとり王都観光をすることにした。

だが外へ出たところで、ひとりでは何を見ても、ちっとも心が動かない。

美しい街並みも、聖堂も、公園も。幼き頃に焦がれた風景は、何一つ心に響かなかった。

どうやらヴィクトリアは、ひとりの時間を楽しめる性質の人間ではなかったらしい。

仕方なく王都中心を流れるシャルル川の岸辺で土手にしゃがみ込み、ぼうっと過ごすことにした。

サラサラと流れる川を見ていると、少しだけ心が洗われるような気がしたのだ。

（あの頃に、戻りたいわ……）

心に寂寥(せきりょう)が襲い、ヴィクトリアは抱え込んだ膝に顔を伏せる。

ルシーノヴァ伯爵家のひとり娘だった頃は、常に家族や使用人たちがそばにいた。

孤独を感じたことなど、一度もなかった。

──やはり、ひとりぼっちは、寂しい。

常に家族が、使用人たちがいたあの頃に戻りたい。

自分が寂しがりやであることに、今になって気づいてしまった。

川を眺めながら感傷に浸っているうちに、空は茜色に染まり始めていた。

そろそろ帰らねばと顔を上げたヴィクトリアは、そこで自分と同じように川を眺める黒い影に気づいた。

驚き、心臓が跳ね上がる。

(何かしら？　まさか、幽霊……？)

ゆらゆらと揺れる人の体ほどの大きさの真っ黒なそれは、なにやらひどく寂しげで。

ヴィクトリアは目を凝らして、その存在を見つめた。

明らかに人ではないそれを、本来なら怖がるべきなのだろう。

だが不思議と恐怖心が湧かなかった。

そもそもヴィクトリアは『死』自体を恐れていない。

むしろ家族の魂が迎えに来てくれるのなら、喜んで死後の世界までついていってしまうことだろう。よって幽霊を怖がる理由がなかった。

それどころか、孤独に苛まれていたヴィクトリアは、その寂しげな黒い影になにやら妙な仲間意識を持ってしまったのだ。

「……こんにちは」

ヴィクトリアは影に近づくと、声をかけた。

影は驚いたように、びくりとその体をくねらせる。

「突然ごめんなさい。あなたが寂しそうだったから」

（……私と同じように）

すると影はまた体をくねらせ、小さく身をかがめた。

「……あら。あなた、幽霊じゃなくて精霊なのね」

近づいて感じたその存在の清浄さに、ヴィクトリアは目を瞬かせる。

幽霊かと思いきや、どうやら巨大な精霊のようだ。

精霊とは小さな光の玉や影であることが多く、こんなに大きなものは滅多に見ない。

もしかしたら、かなり高位の精霊なのかもしれない。

「ひとりぼっちなの？」

ヴィクトリアの問いに、精霊は何も答えず、さらに身を縮こまらせた。

どうやら契約者がいない、野良の精霊のようだ。

精霊は人間をはるかに超える時間、この世界に存在することができる。

だが人間から魔力の供給を受けなければ、その力を行使することができない。

そして魔力は血によって継承される。貴族に魔力持ちが多いのはそれが理由だ。

元貴族であるヴィクトリアも、魔法を行使できるほどではないが魔力を持っている。

だがシャルル川の周辺は平民街であり、おそらくこの精霊の存在を認識できる者がいなかったのだろう。

この精霊は一体どれほどの時間、ここにいたのだろう。

なにやら可哀想になって、ヴィクトリアは影へ手を伸ばした。

「私もあなたと同じ。ひとりぼっちなの」

残念ながらヴィクトリアには、魔術師になれるほどの魔力はない。

だがわずかながらでも自分の魔力が、この寂しい精霊の糧となればと、そう思ったのだ。

恐る恐るその黒い影は、ヴィクトリアの手に触れた。

そして彼女の手を、黒い靄のような、己の内側へどぷりと飲み込む。

全身から、何かが吸い上げられていく感覚がした。思ったよりも、苦しい。

ヴィクトリアから魔力を吸収しているのに、なぜか影は色を濃くしつつも逆に収縮し、やがて彼女の手の上に、小さな毛玉のようにころんと乗った。

（……あら。なんだか可愛い）

ちょうどその大きさが、幼い頃家族で散策に行った際に見た、子うさぎのようで。

魔力を吸われたからか、虚脱したヴィクトリアがそんなことを想像した瞬間、黒い毛玉から長い耳が生え、小さな脚ができ、ぱちりとつぶらな瞳が開いた。

ピスピスと動く鼻は、わずかに濡れている。

「うさぎ……!? か、可愛い……！」

可愛いものが大好きなヴィクトリアは、思わず口に出していた。

なんと精霊の影は、手のひらに乗る大きさの、小さな黒うさぎになっていたのだ。

つま先と首の周りだけが白い。かつてヴィクトリアが見かけた子うさぎそのままの姿だ。

どうやらこの精霊は、ヴィクトリアの思考を読み取って、体を形成したらしい。

精霊は色々な姿をとることができる。動物の姿であることもあれば、人の形をしていることもある。

おそらくこの精霊は、ヴィクトリアの好みにその身を合わせたのだろう。

――『キーラ』。

すると、ふと頭の中にそんな響きの音の羅列が浮かんだ。

「……キーラ？」

ヴィクトリアが浮かんだその名で呼びかければ、嬉しそうにその子うさぎは彼女の膝に飛び移って、ふわふわの前脚を、誇らしげに持ち上げてみせた。

――精霊が己の名を教えるのは、契約主のみ。

かつて家庭教師に教わったことを思い出し、ヴィクトリアは慌てた。

良かれと思って魔力を提供したら、うっかりこの精霊と契約してしまったらしい。

（ど、どうしよう）

ヴィクトリアの膝の上で、後ろ足で立ち上がっているキーラは、罪深いほどに可愛いのだが。

（この子……多分それなりに高位の精霊よね）

容易くヴィクトリアの思考を読み取り、彼女の好みに合わせ姿を変えているのだ。

おそらく意思の薄い、下位の精霊ではないだろう。

契約した以上は契約主として、そんなキーラが満足するだけの魔力を分け与えねばならない。

だがヴィクトリアではとてもではないが、キーラが望むだけの魔力を供給してあげることはできない。

だからこそ本来、高位の精霊は魔力の少ない人間とは契約しないはずなのだが。

（私はあなたを満たせるほど魔力を持っていないわ。……それでもいいの？）

心の中で問えば、小さな黒うさぎキーラは、もちろんとばかりに、目を細めてヴィクトリアの手をぺろぺろと舐めた。

そのあまりの可愛らしさに、ヴィクトリアは心を打ち抜かれ、キーラを川辺から持ち帰ってしまった。

それからの日々を、ヴィクトリアはキーラと共に過ごすようになった。

キーラが常にそばにいてくれることで、彼女の孤独は大幅に薄れた。

苦しいことやつらいことがあるたびに、キーラのふわふわの体に触れさせてもらう。

それだけで随分と心が癒やされるのだ。

キーラは高位精霊にありがちな高慢さもなく、いつも可愛らしくヴィクトリアのそばにいてくれた。

仕事中も膝の上にいてくれるキーラに、ヴィクトリアがどれほど救われたことか。

その後、レナートから借りた精霊図鑑を見て、キーラが時を司る精霊であり、この世界に存在する精霊のなかでも最上位クラスであることを知って、とんでもないことになってしまったと泡を吹いたのだが。

残念ながらヴィクトリアの微々たる魔力では、たとえ超高位精霊のキーラであっても大したことはできない。

せいぜい近々の未来を見せる、未来視くらいなものである。

まあ、それだって十分にすごい力ではあるのだが。


――そうして十五歳で働き始めて、早八年が過ぎ。

やがてレナートは、ヴィクトリアに対し部下として全幅の信頼を寄せてくれるようになった。

命の恩人であり、尊敬すべき上司であり、ヴィクトリアの生きる理由。

(――この人の恩に報いたい。その信頼に応えたい)

そんなヴィクトリアの一途な思慕が、年頃になっていやらしく恋に変わるのも、仕方のないことであったと思う。

もちろん仕事に支障のないよう、その恋心を表に出すことはいっさいなかったが。

時間薬とはよく言ったもので、ヴィクトリアは人生を前向きに捉えられるようになっていた。

その間、成人したエカチュリーナと王太子殿下との婚礼も無事に見届けることができたし、仕事では順調に昇進を続け、やがてレナート直属の秘書官として抜擢(ばってき)された。

当初レナートの身内贔屓かと慌てたが、それに対し、意外にも嫉妬ややっかみの目を向けられることはなかった。

「ヴィクトリアには、誰も文句が言えないほどの実績があるからな。堂々としているといい」

レナートはそう言って、ヴィクトリアの昇進を祝ってくれた。

ようやく努力と実力が認められたのだと、嬉しくてたまらなかった。

残念ながら相変わらずヴィクトリアの表情は全く動くことなく、その姿はとても喜んでいるようには見えなかっただろうけれど。

そして気がつけばヴィクトリアは、同僚から『鉄の女』などと呼ばれるようになっていた。

温度を感じさせない銀色の髪。酷薄そうな薄青色の目。どんな状況であっても表情一つ浮かべることのない、冷たい美貌。

さらにはキリリと上がった眉と眦(まなじり)のせいで、気の強そうな印象と、それに伴う警戒心を相手に抱かせるらしい。

そして何があっても淡々と職務にあたる、その様子もまた周囲に鉄のような冷たい雰囲気を感じさせていたのだろう。

ただそこにいるだけで、怖がられてしまう存在となっていた。

この国では、女性が愛想良くしていることは、当然とされている。

だからこそ余計に、ヴィクトリアの動かぬ表情に男性は耐えられないのだろう。

(誤解なんですが……)

勝手につくられた印象(イメージ)に対し、ヴィクトリアはやはり無表情のまま、心で嘆いていた。

今日も提出された収支表にミスを見つけ、その担当官名を見たヴィクトリアは、長く深い息を吐く。

するとそれを聞いたらしい周囲が、びくりと大げさに肩を震わせた。

ため息のつもりはなかったが、そう思われてしまったようだ。

(だから、誤解なんですが……!)

ちょっと長めに息を吐いただけなのに、とヴィクトリアは心の中で叫びながら、収支表を手に担当官である、イサベラという名の女性事務官の元へ向かう。

「――イサベラ事務官。ここの金額がおかしいのですが」

ヴィクトリアの言葉に、イサベラは大げさにびくっと体を跳ね上げる。

「ご、ごめんなさい」

小さな体をさらに小さくして、しどろもどろに詫びるイサベラを憐れんだのか。男性事務官たちから責めるような視線が、ヴィクトリアに向けられる。

「ここは職場です。ごめんなさい、ではなく申し訳ございません、が正しいかと」

「も、申し訳ございません」

「今日だけで三回の計算ミスです。会計を担当する事務官として、もう少し責任を持って仕事に当たっていただくようお願いします。必ず提出する前にもう一度数字を確認してください」

イサベラがここで働き始めて、すでに一年近くが経つ。

だというのに、彼女には一向に改善も成長も見られない。

ヴィクトリアの言葉に、とうとう堪えられないとばかりにイサベラは下を向き、垂れ気味の大きな目から、涙をボロボロとこぼし始めた。

（な、泣かせてしまったわ……！　どうしよう……！）

内心はおろおろと慌てふためいているのだが、もちろんヴィクトリアの顔は無表情のままである。

なんせ彼女の表情筋は、全く機能しなくなってしまっているので仕方がない。

部下を泣かせたと、周囲の目がさらに冷たくヴィクトリアに刺さる。

制服の裾をぎゅっと握りしめるイサベラの指先は、綺麗な紅色に塗られていて、ふわふわとした栗色の髪は、綺麗に編み込まれている。

震えるその肩は華奢で、守ってやりたいと思わせる風情だ。

まるで怯える小動物のような、庇護欲を駆り立てる可愛らしい女性。

少々……いや、かなり仕事にミスは多いものの、愛想良くいつもにこにこ笑っているイサベラは、みんなの癒やしであり人気者だ。

(可愛いはやっぱり正義なのね……)

小動物が大好きなヴィクトリアは、わずかに目を細めて彼女を見つめる。

(リスみたい……。可愛い……)

するとまたしても周囲がざわめき、震え上がった。

どうやら睨んでいると思われてしまったようだ。実に心外である。

イサベラも、今にも失神しそうなほどに、恐怖におののいている。

「ま、まあそんなに叱らずともいいじゃないか。イサベラも反省していることだし」

「叱っているのではありません。指摘をしただけです」

同僚が彼女を庇う姿に、ヴィクトリアはそう言って一つ息をつく。

イサベラの肩が、また怯えるようにびくっと大きく震えた。

またしてもため息だと思われてしまったらしい。実に心外である。

「い、イサベラだって頑張っているんだ。そんな言い方はないだろう……！」

どうやらイサベラだって頑張っているらしい男性事務官が、彼女にいいところを見せたいのか、ヴィクトリアに強めな言葉を吐いてきた。

そんな彼を、ヴィクトリアは冷ややかな薄青色の目で一瞥し、口を開く。

「言い方、とおっしゃるならまずはあなたこそ言葉を選ぶべきでは？　私はあなたの部下ではなく、上官ですが」

ヴィクトリアの方が彼よりも、二階級ほど地位が高い。

だというのに敬語を使わない彼に、自分こそ礼儀を守れとヴィクトリアは指摘する。

たとえ上官であっても、女性には当たり前のように敬語を使わない輩がいるのだ。

一方ヴィクトリアは上官だろうが部下だろうが、基本的に敬語を崩さないようにしている。

ここは職場であり、共に働く同僚たちに、敬意を持っているからだ。

これがまた相手に冷たい印象を与えていることに、残念ながらヴィクトリアは気づいていなかった。

言い返す言葉が見つからないのだろう。指摘された男性事務官の顔が、盛大に引きつっている。

そう年齢の変わらない、しかも女であるヴィクトリアの方が、自分より上の地位にいることを、彼は常々不服に思っているのだろう。

だが言うべきことは、言わせてもらうことにしている。

たとえスカートの下の足が、緊張で震えていたとしても。

(私がここで彼の言動に迎合したら、後進の女性たちに迷惑がかかるもの)

ようやく女性の事務官が、少しずつながらも増えてきているのだから。

先駆者として、ここでなあなあにするわけにはいかないのだ。

「と、とにかく。イサベラをそんなに責めないでいただけますか？　イサベラ、大丈夫か？　今抱えている仕事は――」

男性事務官はイサベラを慰め、すぐにその仕事を肩代わりしようとする。

そうやって皆がイサベラを庇い、難しい仕事から遠ざけるから、いつまで経っても彼女が成長できないのだ。

長期的視点で見れば、それは決して彼女のためにはならないだろうに。

ここは学校ではなく、職場だ。能力で評価をされることが、当たり前の場所だ。

だがそれを言ったところで、またヴィクトリアが非難されるだけなのだろう。

それこそ、冷たいとか思いやりがないとか血も涙もないとか。——鉄の女だとか。

イサベラが先ほどの男性事務官に手持ちの収支表についてしどろもどろに説明しているが、彼に一から教えるよりも、ヴィクトリアがやってしまった方が早そうだ。

ヴィクトリアはイサベラの手から、ひょいと収支表を取る。

「こちらは私が引き継ぎます」

自身の仕事も机の上に堆く積まれているが、イサベラに任せていたこの収支表は、今日中にレナートに提出しなければならないものだ。

かなり時間に余裕を持って仕事を依頼していたはずだが、しかたがない。

ヴィクトリアは残業を覚悟して自席に戻った。

するとヴィクトリアがその場から離れたことを見計らったのか、しくしくと泣くイサベラを慰めようと、彼女の周りに同僚たちがわらわらと集まってくる。

「イサベラ大丈夫か？」

「今回のことは仕方がないよ。イサベラはちゃんと頑張ってるのにな」

「鉄の女、怖……」

「……聞こえておりますよ？」

誰かが小声で発した言葉にヴィクトリアが答えてやれば、その場が静寂に包まれた。

おそらく、また怖いとでも思われているのだろう。

ヴィクトリアとしては、聞こえよがしに悪口を言えるその人間性の方が、よほど怖いと思うのだが。

胸の中にたまった何かを逃すように、細く長い息を吐く。

今度こそそれがため息だと思われないように、気を使ってゆっくりと。

すると常に足元にいた契約精霊のキーラが、慰めるようにヴィクトリアの膝の上に飛び乗り、その裏側までふわふわの前脚で伸び上がった。

ヴィクトリアが顔を寄せれば、その顎の下あたりをぺろぺろと舐めてくれる。

強張っていた心が、少し落ち着く。

(ありがとう、キーラ)

ヴィクトリアは心の中で呼びかける。

契約を交わした精霊と主人は魂がつながり、意思が伝わるようになっている。

ヴィクトリアは魔力が少ないので、はっきりとした言葉として明瞭に伝わってくるわけではないのだが。

キーラから頑張れ、と励ますような感情が伝わってくる。

お礼にキーラの長い耳の付け根を擽ってやると、そのつぶらな目を気持ちよさそうに細めてみせた。

今日も我が契約精霊が最高に可愛い。癒やしでしかない。

ちなみに精霊は、魔力を持つ者しか、見ることも触れることもできない。

平民で魔力を持つ者は少なく、もし少しでも魔力を持っているようなら、貴族の養子になって、魔術師や魔剣士を目指すのが普通だ。

ここにいる事務官はそのほとんどが平民であり、魔力を持っているのは、おそらく元貴族であるヴィクトリアだけだろう。

よって同僚たちは、彼女の膝の上にいるキーラが見えていない。

むしろ見えていたら、鉄の女などと蔑まれることもなかっただろう。キーラの可愛さゆえに。

（……疲れてしまうわね……）

ヴィクトリアは凝り固まった眉間を、指先で軽く揉んだ。

人に指摘をしたり、注意をしたり、叱ったりすることに快感を覚える人間も、世の中にはいるのだろう。

ヴィクトリアが何か少しでもミスをするたびに、まるで鬼の首を取ったように勝ち誇った顔で、叱りつけに来る上官が、かつてここにもいた。

ちなみにその彼は、のちに不祥事を起こし、雇用主であるレナートによって解雇されてしまったが。

『自分より仕事ができるヴィクトリアが目障りだったんだろう。実にくだらないな』

珍しく怒ったレナートが、そう言ってくれたことを思い出す。

（私は、苦手だわ……）

他人に指摘や注意をし、仕事をやり直させるくらいなら、自分で請け負って修正してしまった方が、本当は圧倒的に早いし楽なのだ。

他人にマイナスな事柄を伝えるのは、ひどく苦痛で、ひどく疲れる。

正直なところ、しなくていいのなら、したくない。

けれどもヴィクトリアには上官として、部下を指導し、成長させる義務がある。

いずれはレナートの手足となれるよう、彼らを教え導かなければならないのだ。

だから苦手でも頑張って、部下に指摘や注意をしている。

（これでも言葉を選び、責めるような口調にならぬよう、気をつけているつもりなのだけれど……）

この迫力ある容姿な上に無表情なせいで、必要以上に怯えられてしまうのだ。

きっと同じ内容でも、微笑みを浮かべながら伝えることができたなら、受け取る側の心証も違うのだろうが。

(まあ、仕方ないわ……)

これ以上どうしようもないことを、悔やんでいても仕方がない。

この表情を作れぬ気の強そうな顔と、一生付き合っていかねばならないのだから。

それに結局、場を引き締めるための憎まれ役は、どうしたって必要なのだ。

そしてそれは、この場においてヴィクトリアが適任ということだろう。

気を取り直して頑張ろうと、手元の収支表に再度目を落とした、その時。

ぴくりとキーラの片耳が傾いた。

体から、魔力が吸い上げられる独特の感覚と共に、脳裏に映像が展開される。

それを認識したヴィクトリアは、勢いよく立ち上がった。

鉄の女の突然の行動に周囲が驚き、びくっと体を跳ねさせる。

驚かせて申し訳ないが、今はそれどころではないのである。

ヴィクトリアは執務室を、ヒールを鳴らして猛然と出ていく。

勝手知ったる廊下を走り、本来なら事務官は入れない、公爵家のプライベートエリアへと向かう。

ヴィクトリアは当主の秘書官であることを理由に、そこへの立ち入りを許可されていた。

目的地である応接室の前に立ち、素早く呼吸を整えた後、強めに扉をノックする。

「……どうぞ」

入室を許可する声を受けて扉の中に入れば、そこには今まさに磁器のカップに口をつけようとしている、この屋敷の主人であるレナートがいた。

彼の前には美しく着飾ったご令嬢と、その父親であろう中年の貴族男性。そして彼の後ろに控える護衛と思われる、体格のいい若い男性が二人。

ヴィクトリアの頭の中で、貴族名簿のページがものすごい勢いでめくられていき、一つの名前を拾い上げる。――確か、アクトン子爵。

おそらく彼は、美しく育った自分の娘を、レナートに売り込みに来たのだろう。

微笑みを浮かべながらも、彼らの目はレナートの手にあるカップを凝視している。

ヴィクトリアはその動きを阻害するように、わざとらしく声を張り上げた。

「ご歓談中申し訳ございません。閣下にどうしても至急、ご確認いただきたい書類がございまして」

ヴィクトリアの言葉に、何かを察したレナートが、手に持ったカップを口につけずにソーサーに戻す。

それを見たヴィクトリアは心底安堵した。どうやら間に合ったようだ。

「わかった。……申し訳ない、アクトン子爵。少々席を外しても？」

「も、もちろんですとも」

アクトン子爵はそうは言ったが、その目には明らかに憤りと落胆が見えた。

そんな彼らを冷ややかな目で見やって、ヴィクトリアはレナートを連れ応接室を出た。

「どうしたんだ？　ヴィクトリア」

レナートが心配そうな表情で聞く。我が主は今日も最高に優しくて顔がいい。

だが心配すべきは、ヴィクトリアよりもレナート自身である。

「……今、お飲みになろうとしていたカップに、何らかの薬品が混入されています」

強大な魔力持ちといえど、その体は普通の人間と変わらない。

あの紅茶を飲めば、レナートは昏倒していただろう。

ヴィクトリアの頭の中で再生された未来視のように。

彼女の言葉に、レナートが片眉を上げる。

こうして彼を助けるのは、これが初めてではない。というか、かなり頻繁にある。

なんせレナートは、この国の筆頭公爵家の当主であり、この国有数の富豪であり、そしてこの国を救った英雄であり、国一番の膨大な魔力を持った魔術師でもある。

なんとしても、つながりを持とうとする人間が少なくないのだ。

「……わかった。ありがとう」

なぜヴィクトリアがレナートの危機に気づくかについて、彼は何も聞いてこない。

契約精霊の能力やその名前、契約内容は基本他言禁止であることを知っているからだろう。

それらは精霊と契約者の二人きりの秘密。口に出してしまえば、精霊から一方的に契約を破棄されてしまう可能性もある。

さすがにヴィクトリアが時の精霊などという、とんでもない超高位精霊と契約を結んでいるとは思っていないだろうが。

レナートは「あとは任せてくれ」と言って、安心させるように笑うとヴィクトリアの肩を一つポンと軽く叩いて、応接室へと戻っていった。

レナートのそのあまりの格好良さに、ヴィクトリアは無表情のままその場に立ち尽くし、もじもじと身悶えた。

はたから見たら無表情のままくねくねと動く、不審人物である。相当に気持ちが悪いだろう。

レナートはこの国一番の魔術師だ。

よって、よほど不意を突かれない限りは、もう大丈夫だろう。

ひとしきり悶えた後、ヴィクトリアは踵を返し、執務室へと戻っていった。

しばらく歩いていると、背後から男女の叫び声が聞こえた。

どうやらアクトン子爵御一行は、速やかに捕縛されたらしい。

アヴェリン公爵家当主に薬を盛ろうとしたのだ。自業自得である。

執務室に戻れば、まだイサベラがしくしくと泣いており、男性事務官たちに囲まれて慰められていた。

そろそろ仕事に戻ってほしいと思うのは、ヴィクトリアの我儘だろうか。

周囲のとがめるような視線をかわし、席に戻るとイサベラが担当だった収支表の修正を始めた。

できるだけ早く終わらせて、自分の仕事に戻りたい。

しばらく集中していると、執務室の扉が開き、レナートが現れた。

彼の姿を目にした瞬間、その場にいた皆が慌てて起立し、一礼する。

レナートは忙しい中でも、こうしてたびたび下々の事務官の様子を見に来てくれる。

「……何かあったのか？」

泣いている女性事務官を、男性事務官が取り囲んで慰めているという妙な状況に、レナートが首をかしげて問う。

するとイサベラがいまだ涙で濡れた目で、縋るようにレナートを見つめた。

「あの、すみません。私が仕事でミスをしてしまって。そしたらヴィクトリアさんに怒られちゃって」

ヴィクトリアは別に怒ってはいない。ただ指摘をしただけだ。

だが、彼女の中での認識は、そうなのだろう。

公爵閣下に対し、その口のきき方はどうなのかと思うが、イサベラは可愛いから許されるのかもしれない。

(別に怒ったりはしていないのだけれど……)

レナートに誤解されることが怖くて、ヴィクトリアは内心泣きそうになる。

こんな状況でも、ヴィクトリアの顔はちっとも表情を変えずに凍りついたままだ。

(……血も涙もない、鉄の女だものね……)

表情が動かないから、心も動かないと思われる。

──ヴィクトリアが周囲から、遠巻きにされてしまう理由。

「そうか。それは大変だな。穏やかなヴィクトリアが怒るくらいだから、相当なミスだったんだろう」

だがレナートから発せられたその言葉に、イサベラは唖然とする。

ヴィクトリアも驚き、わずかに目を見開いた。

するとそんなヴィクトリアの顔を、レナートが楽しげに見やる。

彼女の表情が、わずかながらも動いたことを面白がっているようだ。

「そんなすごいミスじゃありません！」

我に返ったイサベラが、慌てて言い募る。

このままでは、レナートの中の己の評価が下がるとでも思ったのだろう。

「それなのにヴィクトリアさんが……」

「閣下。確かにそれほどのミスではありませんし、私は指摘をしただけで、怒ったりはしていません」

ヴィクトリアが淡々と言えば、そうか、とレナートは笑って頷く。

「ヴィクトリアは昔から誤解されやすいからな。本当は優しいのに」

心配そうに言われて、ヴィクトリアは心が震えた。

周囲の者たちは、信じられないとばかりに唖然としている。

(レナート様だけは、私を信じてくださる)

たとえ表情が動かなくとも、ヴィクトリアに心があることを知っている。

――自分がここで働く理由は、それだけでいい。

「……ありがとうございます」

もし表情が作れたら、間違いなくヴィクトリアは感動のあまり泣いていただろう。

それくらいに、救われた気持ちになっていた。

家族も名も失ったヴィクトリアにとって、レナートはこの世界の全てだった。

「………………!」

一方、イサベラは納得できないといった、不服そうな顔をしている。

おそらく自分こそが、レナートに慰められるべきだったと思っていたのだろう。

だがレナートは、ヴィクトリアのことを子供の頃から知っている。

だから彼女の損な性質も性格も、知り尽くしているのだ。

「悪いがヴィクトリア、この前頼んでおいた資料はできているか?」

「はい、治水工事の件ですね。ここ十年で発生した水害とその時期、および被害地域の特定、それから現在の復旧状況をこちらにまとめておきました」

己の机の上から、分厚い紙の束をレナートに渡す。

「さすがは私の自慢の秘書官だ。ありがとう」

レナートが小さく誇らしげな笑みを浮かべた。

（レナート様大好（だいしゅ）きぃぃぃ……！）

あまりの誇らしさに、ヴィクトリアの心が感動に打ち震えた。

ああ、死ぬなら今がいい、とすら思う。きっと幸せな気持ちで死ねそうだ。

それでももちろん彼女の表情は、ぴくりとも動いていないのだが。

「ありがとうございます。閣下」

ヴィクトリアは小さく会釈し、それからレナートを見上げる。

女性としては身長が高めのヴィクトリアであっても、レナートの顔を見るには随分と首を上に傾けなければならない。

嗚呼（ああ）、今日も上司の顔がいい。抜群にいい。

ヴィクトリアはうっとりと、その尊顔を見つめる。

だが周囲から見ると、その様子は彼女がレナートを睨みつけているようにしか見えないようだ。

そして、そんなヴィクトリアの鋭い眼光をものともしないレナートに、周囲からさらなる尊敬の眼差しが集まっていた。

「詳しい説明を聞きたい。私の部屋に来てくれるか」

「はい。かしこまりました」

いまだ唖然としたままの周囲をおいて、ヴィクトリアはレナートについて彼の書斎へと向かう。

高さが天井まである本棚に囲まれた、公爵が仕事をするには随分と小さい書斎に入り、扉を閉めたところで、レナートが防音の結界を展開し、一つ大きな息を吐いた。

「……先ほどは助かった」

「大丈夫でしたか？」

「ああ。お茶に混入されていたのは、強力な睡眠薬だったよ」

なんでもあのご令嬢は、レナートを睡眠薬で昏倒させ、そのまま彼の寝室に運んで共に一晩を過ごすつもりだったらしい。

たとえ二人の間に何もなくとも、嫁入り前の娘と同じ部屋で二人きりで過ごしたという実績ができてしまえば、彼らはレナートにその責任を問うことができる。

そして強引に、彼との婚姻を取りつけるつもりだったのだろう。

王太子が結婚してしまった今、国一番の花婿候補である彼を狙う未婚女性は多い。

これまでヴィクトリアが何度レナートを、狩猟者の目をした女性たちから助けたことか。

「……いつもすまないな。ありがとう」

「いえ。閣下の貞操をお守りできてよかったです」

ヴィクトリアの言葉に、レナートが何も飲んでいないのにむせた。一体どうしたのだろうか。

そしてむせた拍子に彼の目が、ふとヴィクトリアの足元へと向けられる。

そこには、彼女の契約精霊、黒い子うさぎのキーラがいる。

レナートは、規格外の魔力保有量を誇るこの国一番の魔術師であり、もちろん精霊であるキーラのことも見えている。

ちなみにレナートの背後には、常に白い狼が彼を守るように控えていた。

明らかに高位精霊だが、ヴィクトリアはその狼がなんの精霊なのかは知らない。

それは主従契約を結んだ、契約者だけが知れることだからだ。

だからもちろんレナートもまた、キーラがなんの精霊かは知らないはずだ。

ただ、たびたびヴィクトリアを通して自分を助けてくれているのが、この小さな黒うさぎであることは、わかっているのだろう。

後ろ脚で立ち上がり、つぶらな目できょとんと自分を見上げる黒うさぎを見つめ、レナートは目を細めた。

(レナート様も、小動物がお好きなのかしら?)

ヴィクトリアは小さくて、ふわふわしたものが大好きだ。

しかもうさぎが一番好きだ。長い耳と跳ねる様子が、罪深いほどに可愛いと思う。

キーラはそれを知っていて、ヴィクトリアのためにあえて自分の姿を手のひらにピッタリ乗るほどの子うさぎにしてくれているのだ。

高位精霊であるキーラは、レナートに仕える白狼のように、本来ならもう少し威厳のある姿をしているはずだから。

ヴィクトリアは、足元にいるキーラを抱き上げる。

「……うさぎがお好きですか?」

そして思わずレナートに、聞いてしまった。

「ああ、可愛いな」

レナートはキーラを抱き上げたヴィクトリアを見て、微笑みながら答えた。

やはり彼も、可愛いものが好きらしい。

(いいですよねうさぎ! 可愛いですよね小動物……!)

己との共通点を見つけ、ヴィクトリアは嬉しくなる。

やはり可愛いものは、正義なのである。

ちなみにヴィクトリアがひとりで暮らす寮の部屋は、ふわふわと可愛らしいぬいぐるみたちで溢れている。

自ら休暇のたびに王都のぬいぐるみの専門店へせっせと足を運び、一つ一つ悩みに悩んで選んだ大切な家族たちだ。

それは誰も知らない、ヴィクトリアの秘密。

せめて自分の部屋くらいは、好きなものに囲まれたいのだ。

（仕事の疲れはもふもふで癒やすのよ……！）

おそらく同僚たちがヴィクトリアの部屋を見たら、まるで似合わぬその甘い雰囲気に驚いて、小馬鹿にし嘲笑することだろう。

なんせ『鉄の女』が、自分の部屋をぬいぐるみまみれにして、ぬくぬくと幸せに過ごしているのだから。

——少し心が痛むのは、気のせいだと思いたい。

（まあ、部屋を互いに行き来するような親しい友達もいないし、露見することもないでしょうけど）

「……ヴィクトリア。君は頑張りすぎる。あまり無理はしないでくれ」

少し痛ましげに、レナートが言った。

どうやら化粧では隠しきれなかった、ヴィクトリアの目の下の濃い隈に気づいたらしい。

彼女が毎日遅くまで残業していることも、ちゃんと把握してくれているのだろう。

確かに日々は、苦しくてつらいことが多い。

それでも、レナートにさえわかってもらえれば、それでいいとヴィクトリアは思った。

「ありがとうございます。大丈夫です」

（レナート様、やっぱり大好き……！）

ヴィクトリアは表情こそ動かないが、心の中はやたらと騒がしい人間である。

レナートの優しさに、またしても内心で身悶えた。

もじもじと体を動かしそうになるのは、さすがに必死に堪えた。

ヴィクトリアは張りきって、治水工事について調べたことを一通り説明していく。

「ふむ。なるほどな。ありがとうヴィクトリア。相変わらず君の説明はとてもわかりやすいな」

「おそれいります」

（レナート様に褒めていただいた……！）

今日はよき日である。ヴィクトリアは喜びのあまり飛び上がりそうだった。

もちろん表面上は、相変わらず無表情のままだったが。

レナートは厳しいが、褒めるべき時は、ためらいなく人を褒める。

だからこそ使用人たちに、非常に慕われているのだ。

「それと忙しいところ悪いんだが、来週王宮で催される予定の王子殿下の誕生会に、一緒に参加してくれないか」

いまだ妻も婚約者もいない上に、妹も嫁に行ってしまったレナートは、同伴する女性がいない。

よって、ヴィクトリアは時折部下として、彼の社交に同行することがあった。

君がいてくれたら心強い、なんて言われたらヴィクトリアに断る理由はない。

それにその三歳の誕生日を迎える王子殿下の母君は、エカチュリーナ王太子妃であり、ヴィクトリアの親友だ。

（そうよ！　ちゃんと私には友達がいる……！）

王太子妃殿下に平民の身で会うことは難しく、滅多に会えなくなってしまったが。

そんな彼女と会えることも、彼女の息子である王子殿下と会えることも、嬉しい。

おそらくそのことも配慮して、レナートはヴィクトリアを同行者に選んでくれたのだろう。

そしてもちろん、レナートとの二人きりの王都出張も嬉しい。

「かしこまりました。予定に入れておきます」

役得だと喜びに踊りだしそうになるのを、ヴィクトリアは必死に堪える。

それから何事もなかったように一礼すると、レナートの書斎を出た。

執務室に戻り自席に座ると、気合を入れ直して、再び引き受けた収支表に目を通す。

どうやらイサベラもようやく泣きやんだようだ。なにやら拗ねた顔で、仕事に戻っている。

小動物が好きということは、きっとレナートも彼女のような、小柄で華奢で可愛らしい女性がお好みなのだろう。

そんなことを考えて、ヴィクトリアはまた勝手に落ち込む。

前に酒の席で王太子殿下に『どんな女性が好みだ?』としつこく聞かれ、レナートが渋々ながら『可愛い人』と答えていたのを覚えている。

つまり、可愛げのかけらもない自分は、彼の好みから外れているに違いない。

「……そういや閣下、ご婚約が整いそうなんだってな」

同僚の声が聞こえ、ヴィクトリアの心臓がヒヤリと冷えた。

おそらくレナートに近づこうとした、イサベラに対する牽制なのだろう。

なんでもイサベラは現在、何人もの同僚から言い寄られているが、最も条件のいい男を吟味しているのか、誰か一人を選ぶことなく、全て保留にしているらしい。

イサベラに気があるらしいその事務官は、レナートのような雲の上の男ではなく、自分を含めた身近な男に目を向けろとでも彼女に言いたいのだろう。

――平民風情がレナートを想うなんて、おこがましいのだと。

しかしそのイサベラへの牽制は、むしろヴィクトリアの心に深く突き刺さった。

（……レナート様が、ご婚約……）

そのことは、ヴィクトリアも小耳に挟んでいた。

若くして公爵の地位に就き、ずっと忙しくしていたレナートは、これまで己の結婚を後回しにしていた。

だが領地経営も無事軌道に乗り、十年前の反乱以降はこの国は平和が続いており、さらに妹のエカチュリーナが無事王太子に嫁ぎ、お世継ぎも誕生した。

懸念材料がなくなったんだからとっとと結婚しろとの、義弟となった王太子殿下からのお達しもあり、レナートは二十八歳になってようやく自身の結婚を考え始めたらしい。

王太子が家庭を持った今、社交界で最も結婚したい男と謳われるレナートの相手候補は、枚挙に遑がない。

(……馬鹿馬鹿しい。いまさら何を落ち込んでいるのよ、私)

最初から叶わないと、わかっていたくせに。いやらしい期待をするなど。

ヴィクトリアは、己の胸の痛みをせせら笑う。

(私はこのまま、彼のそばで彼のために働けたらそれでいいの)

それ以上のことは望まない。このまま一生、レナートの歯車の一つとして、彼に尽くして生きていくのだ。

(そもそも、ご恩もまだ全然返せていないんだから……!)

家族を失い、生きる気力をなくしてゆるゆると死に向かおうとするヴィクトリアを、レナートは必死に食い止め、こうして生きる場所まで与えてくれた。

そんな彼に報いるために、一生を生きると決めたのだから。

――そして、そんなヴィクトリアの恋心はちゃんと最期まで秘されたまま。

レナートと共に参加した、王宮での王子殿下の誕生会。

キーラの見せてくれた未来視により、ヴィクトリアは彼を庇ってその命を落とした。

国によって製造保有が禁止され、失われたはずの魔弾が、どうして彼女の身を貫いたのか。

おそらく犯人は、反乱軍の残党なのだろう。

レナートに恨みがあったのか、それともレナートの強大な魔力を恐れたか。

――はたまた、その両方か。

（でも、レナート様をお助けできて、本当によかった）

その時のヴィクトリアは、レナートを守れたことを誇りに思いこそすれ、後悔はまるでなかったのだ。

第三章　ならば小動物になりましょう

（――そうして、私は死んだはずなのだけれど……）

時間が遡り、ヴィクトリアが十年以上前の世界に戻って、十日が経った。

今日もヴィクトリアは生きている。十二歳の姿のままで。

そして今日も仲のいいルシーノヴァ伯爵家は、みんなで晩餐をとっていた。

「ヴィー。今日はどんなふうに過ごしてたんだい？」

父はいつもそうやって、ヴィクトリアの日常を聞きたがる。

前は少し億劫だったそれが、今はどうしようもなく嬉しい。

「いつも通り、書庫で本を読んで、オリガと庭を散歩して、お母様とお茶をした後に、先生の授業を受けていました」

「教師が褒めていましたのよ。ヴィクトリアは天才だって」

母が目を細めて、自慢気に言う。ヴィクトリアは恥ずかしくなって俯く。

なんせ少し前まで、公爵家の事務の第一線で働いていた成人女性だったのだ。

よって伯爵令嬢に必要とされる程度の教養の授業は簡単すぎて、退屈に感じるほどである。

　そしてヴィクトリアは天才などではなく、ただ二十三歳相応の知識を持っているに過ぎない。

「……親の欲目ですわよ。お母様」

　困ったように言うヴィクトリアに、うちのお姫様は謙虚だと家族が笑う。

　晩餐は笑い声と共に和やかに進む。夢にまで見た、愛しい家族との団欒。

　気を抜くと思わず涙が出てしまいそうで、ヴィクトリアは黙々と食事をする。

　なんせ十日経った今でも、目の前の光景が現実のことだと思えないのだ。

　そんなヴィクトリアを、家族たちがしきりに気にしている。

　幼い頃は、口から生まれたのかというほどに、やたらとおしゃべりだった。

　それなのに、このところ明らかに口数が減ったため、皆が心配しているのだろう。

　ただ単に、年齢相応に落ち着いてしまっただけなのだが。

「ヴィー。最近妙に静かだね。何かあったのかい？」

　とうとう妹の沈黙に耐えられなくなったらしい兄ダニエルが、ヴィクトリアの顔を覗き込み、心配そうに聞いてきた。

　今日も兄の顔がいい。またしても感慨深くて、ヴィクトリアはうっかり目を潤ませてしまった。

家族がいなくなって、アヴェリン公爵家を出てからというもの、ひとりで食事をすることが当たり前で。

ヴィクトリアがどうしようが、気にする人は周囲にいなかった。

たかがしゃべらないくらいで心配してくれる家族が、愛しくてたまらない。

失って初めて気づいた、この上なく大切なもの。

「大丈夫です。お兄様。心配してくれてありがとう。……大好き」

かつて、伝えたかったのに、伝えられなくなってしまったこと。

素直に口に出してみたら、思いの外恥ずかしくて、顔が熱を持ってしまう。

すると兄は驚いたように目を見開いて、それから嬉しそうに笑った。

「まあ！　ずるいわ！　ねえヴィー。好きなのはダニエルだけなの？」

「そうだぞ。私たちもヴィーのことを、こんなに心配しているというのに」

そんなふうに拗ねて兄に対抗してくる、母と父が可愛い。

みんな本当は知っているくせに、とヴィクトリアは噴き出して、ころころと笑う。

「もちろんお父様もお母様も大好きですわ！」

こんなふうに声に出して笑ったのは、随分と久しぶりだ。

両親はヴィクトリアの笑い声に目を細め、嬉しそうに笑ってくれた。

それからヴィクトリアは家族を心配させないよう、意識して子供らしく会話をするようにした。

食事中に会話を楽しむなんてことも、本当に久しぶりだ。

会話の最中にも涙が溢れそうになって、ヴィクトリアは慌てて目の前のお肉をナイフで切り、頬張った。

それは完璧な焼き加減で、口の中いっぱいに肉汁が広がる。

ヴィクトリアは多幸感に満たされる。やはり肉は正義である。

メインを食べ終えれば、今度はデザートが運ばれてくる。

砂糖漬けにしたブルーベリーのタルト。一口食べれば口の中いっぱいに甘酸っぱさが広がり、頬の内側がきゅうっとする。やはり甘いものもまた正義である。

家族を失ってからは、食事の味もよくわからなくなり、死ななければいいと、食べられるものを適当に口に突っ込むだけの生活をしていた。

「おいしい……！」

だから食事を楽しむという感覚も、久しぶりだ。

ヴィクトリアがうっとりとすると「では料理人を褒めておこう」と父がまた笑う。

ヴィクトリアは少しずつ、失ってしまったかつての自分を思い出していた。

好きだったもの、嫌いだったもの、得意だったこと、苦手だったこと。

幼い頃のヴィクトリアは、可愛いものと甘いものが大好きな、そして家族のことが大好きな、どこにでもいる普通の女の子だったのだ。

食後の紅茶を飲みながら、その香りに目を細める。

そして、かつてはあまり興味がなく聞き流していた、父と兄の会話にも耳を澄ました。

まだ社交デビュー前の箱入り娘であるヴィクトリアが、世の中の情報を得る方法は、それくらいしかない。

(……まだ時間はあるはずよ。我が家が反乱に巻き込まれるまで……)

「そういえば、我が家所有の鉄鉱石の鉱山を売却しようと思っている」

「ええ？　なんでですか⁉」

突然の父の言葉に、ダニエルとヴィクトリアは驚き目を見開く。

すでに相談を受けていたのか、母は何も言わずおっとりと笑っているだけだ。

ルシーノヴァ伯爵領の全収入のうち、鉄鉱石の鉱山による収益の比率は大きい。

それを手放すなど、正直なところ、正気の沙汰ではない。

（……でも、これで一つ憂いがなくなる）

その鉱山は、まさにルシーノヴァ伯爵家が反乱軍に加担したと見なされた、大きな理由だった。

ヴィクトリアの母の実家である、のちに反乱軍の首魁となったサローヴァ侯爵家に請われ、ルシーノヴァで産出した鉄鉱石を優先的に、しかも通常よりも安い価格で卸したことが、反逆とされたのだ。

事実、ルシーノヴァ伯爵領から産出された鉄鉱石は、そのまま魔銃製造に利用され、多くの王国軍の兵士の命を奪うことになった。

父はおそらく、サローヴァ侯爵家が謀反を起こすなど思ってもみなかったであろうし、格上の爵位を持つ、母の実家の命令に逆らうことができなかったのだろう。

だからこそヴィクトリアは、まずはサローヴァ侯爵家への鉄鉱石の供給を止めなければと考えていたのだが。

どうやら父は、その問題となった鉱山そのものを、売ってしまうことにしたらしい。

（……一体どうなっているの？）

ヴィクトリアの知っている未来と、のっけから違う。

「随分といい値段をつけていただいたんだ。我が鉱山で鉄鉱石を五十年ほど産出し続けた場合の収益と、ほぼ同じくらいの価格で購入してもらえるんだよ」
それを聞いた兄のダニエルが、あんぐりと口を開けた。
これまた随分と、破格の申し出である。
ルシーノヴァ伯爵領の鉱山は古く、埋蔵量もそれほど残されていないとされている。
五十年後まで鉄鉱石が産出される保証など、まるでないというのに。
「父上……まさかとは思いますが、詐欺に遭っているのではありませんよね？」
なんせ、お人好しの父のことである。ダニエルが心配そうに聞く。
正直なところヴィクトリアも、詐欺ではないかと疑っている。
「詳しくは言えないが、この国有数の信頼のおける売却先だ。安心しろ」
だが父は自慢気に胸を張って、拳で叩いてみせた。
その言葉に、むしろヴィクトリアは震え上がった。
まさかそれは、反乱の首謀者であるサローヴァ侯爵家ではないだろうか。
なんせサローヴァ侯爵家は現王妃の実家であり、国内有数の大貴族なのだから。
（それだけは絶対に止めなくちゃ……！）
「わかったわ。サローヴァの伯父様でしょう？」
とにかくまずは売却先を特定せねばなるまい。ヴィクトリアはあえて幼く笑って、無邪気に聞いてみた。

　すると父は笑って首を横に振った。兄も呆れたように肩をすくめる。

「それはないと思うよ。だってサローヴァ侯爵閣下であれば、我が家の足元を見て、できる限り安く買い叩いてくるだろうからね。今だって卸している鉄鉱石を、親族なんだからもっと安くしろって、一方的にまくし立ててくるくらいだし」

　兄の言葉を聞いた母が肩を落とし、申し訳なさそうな顔をした。

　いや、悪いのは伯父であって、母ではないのだが。

　なぜこんなにおっとりした優しい母に、あのような悪辣な兄がいるのか。心底謎である。

「サローヴァ侯爵閣下とのそんなやり取りも、正直なところ私にはかなり負担でな……。鉱山を買ってくださる方が、そちらも併せてご対応くださるというから」

　争いを厭う、気弱な父のことだ。

　傲慢で苛烈で一方的な物言いをする伯父との折衝は、ただひたすらに精神的苦痛でしかなかったのだろう。

　高値で買ってもらえるのであれば、鉱山自体を手放してしまいたくなる程度に。

　しかしヴィクトリアとしては、いよいよその鉱山の買主が気になってしまう。

(一体誰なのかしら……)

「お父様、本当に騙されているのではないですよね……?」

ヴィクトリアは心配そうに聞いた。

とうとう娘にまで疑われてしまった父は、悲しげにしおしおと眉を下げてみせた。

「大丈夫だとも。代金は全額現金一括、前払いでいただくことになっているし」

「………!」

鉱山を現金一括前払いで買う。これはまたとんでもない話である。

そんなことができる人間は、この国でも一握りだろう。

つまりは、国の中枢にいる人物である可能性が高い。

(――王家かしら、それとも公爵家?)

どちらにせよ、とんでもない大物であることは間違いない。

本当に詐欺ではないのだろうか。ヴィクトリアは余計に心配になってしまった。

「これでずっと後回しにしてきた、領地内の整備が行えるな。去年の嵐で落ちた橋も架け直せる。みんな喜ぶぞ」

手にするであろう大金に、未来を夢見て皮算用するホクホク顔の父。

売却したお金で自身が贅沢することよりも、領地の整備を考えている。

やはり父は、領民を思いやる、素晴らしい領主なのだ。――若干気が弱いだけで。

（ほら。やっぱりお父様が反逆なんて、絶対におかしいのよ）

もしこの売却話が詐欺だったとしても、反逆罪に問われ断頭台に送られるよりは、ずっといいだろう。

そもそもルシーノヴァ伯爵領は気候に恵まれ、土壌も豊かだ。

農業を主産業にしたって、細々ではあるものの、食べていくことはできる。

たとえ貧しくとも、家族で健やかに生きていければ、それでいい。

そんな結論に至ったヴィクトリアは、満面の笑みを浮かべた。

「とってもいいと思います！　ねえお父様。鉱山が売れたら、ついでに私にも可愛いドレスを買ってくださいませ」

「はっはっは。ヴィーはちゃっかりしているなあ」

「ヴィーまで父上の味方になってるし！　明らかにおかしいですって！　絶対騙されてますよ父上！」

そんなふうにして、ヴィクトリアもダニエルも全く信用していなかった鉱山の売却話だったが、なんと驚くべきことに、詐欺ではなかった。

売買契約の数日後には代理人を通し、売却金は正しく支払われ、ルシーノヴァ伯爵家は一気に裕福になった。

父の念願だった落ちた橋も架け直すことができ、農地を増やすべく開墾も進んだ。

都市整備も行い、町の中に水路が通った。

一方、父が鉱山を勝手に売却したことで、鉄鉱石の安い仕入れ先がなくなったと怒り狂ったサローヴァ侯爵から、ルシーノヴァ伯爵家は絶縁を宣言された。

親族と断絶してしまったことに、両親は嘆き悲しんでいたが、ヴィクトリアはもちろん狂喜乱舞した。

これでルシーノヴァ伯爵家が反乱に巻き込まれる可能性が、大幅に減ったからだ。

(反乱ならおひとりでやっていただいて、おひとりで処刑されていただきたいわ)

「まあ、伯父上は正直碌（ろく）でもない方だったからな。僕が家を継ぐ前に絶縁できて、むしろ万々歳だよ」

などと、のんきな人間が多いルシーノヴァ伯爵家には珍しく、少々腹黒に生まれついた兄も喜んでいた。

なんせ、カモからの脱出である。

お人好しな父が侯爵にいいように使われていたことに対し、ダニエルもまた忸怩（じくじ）たる思いを抱えていたのだろう。

親族だの友人だのと、親しさを理由として相手に特別な融通を求める人間は、総じて信用ならないというのが、社会の荒波に揉まれて生きてきたヴィクトリアの持論である。

どこにでもおこがましく、図々しい人間はいるものなのだ。

そういった輩からは、そっと距離を取るしかない。

――そして翌年、サローヴァ侯爵は反逆罪で捕縛された。

密かに新型兵器の開発を行っていたこと、領民たちを勝手に徴兵していたこと、そして緻密な反乱計画を立てていたことが露見したのだ。

様々な証拠が次々に出てきて、サローヴァ侯爵は呆気なく捕えられ、処刑された。

戦闘が起こる前に反乱は鎮圧され、犠牲者はほとんど出なかった。

もちろんルシーノヴァ伯爵家は、彼の妹の嫁ぎ先とはいえ、その企みに加担していないことは明らかであり、前回とは違い、なんのおとがめも受けなかった。

かつて家族を失った十三歳になっても、ヴィクトリアの身分は伯爵令嬢のままで。

重臣による反逆は世間に激震を与えたが、繰り返されるヴィクトリアの日常に、何一つとして支障を与えなかった。

そしてヴィクトリアは今日も、薔薇の咲き乱れる庭園で、母と兄と共にのんきに優雅にお茶を飲んでいる。

前の人生とは、比べようもない。穏やかで幸せな日々。

（……って、私、結局何もしていないじゃないの……！）

家族を救うために、どんなことでもしようと悲壮な覚悟を固めていたというのに。

もちろんヴィクトリアとて、できる範囲で情報収集等をしようとしていたのだが。

正直言って、貴族令嬢の、自由のなさを舐めていた。

屋敷から外出をするには父の許しが必要で、さらに外出時は必ず使用人たちがつきっきりとなる。

ひとりで動ける時間など、皆無だ。

だからといってこっそり屋敷から抜け出し、それが露見しようものなら、両親や兄が大々的に捜索をかけることだろう。

しかもヴィクトリアが何かをやらかせば、叱責を受けるのは本人ではなく、お付きの侍女であるオリガだ。

箱入りの幼い伯爵令嬢にできることなど、ほとんど見つけられず、そして結局何もしなくとも、何もかもが全て未然に解決してしまった。

ヴィクトリアが考え得る中でも、最も綺麗な形で。

（一体どうして……？）

いくらやり直し人生とはいえ、あまりにも容易（イージーモード）すぎる。

おかげでヴィクトリアは伯爵令嬢として、毎日のうのうと暮らしているのだ。

まさかこれは、前回悲惨な人生を生きたヴィクトリアに対する、神からのご褒美なのだろうか。

（それにしても、優遇措置が過ぎやしませんか……？）

いきなり人生の目標を失い、ヴィクトリアは困ってしまった。

時間を遡ってからずっと、家族を救うことしか考えていなかったのに。

それがあっさりと叶ってしまった今、これから先の人生を、一体何を目標に生きていけばいいのか。

人生の根底に関わる問題を抱え、ヴィクトリアは年に似合わぬ深いため息をついた。

「あら？　どうしたの？　ヴィー？」

「自分の今後の人生について考えておりまして」

「まあ……随分と現実的なことを考えているのね……」

母が痛ましい目を向けてくる。年齢の割に随分と老成している娘を心配しているのだろう。

「でも確かにヴィーももう十三歳だものね。すっかりお年頃だわ。……ヴィーはどんな殿方が好みなの？」

母が悪戯っぽく笑って、興味津々に聞いてくる。

なるほど、貴族のご令嬢の将来は『結婚』に直結するらしい。

（結婚なんて、考えたこともなかった……）

若干の居心地の悪さを感じつつ、ヴィクトリアは思いを巡らせる。

確かに結婚による政略が必要であれば、ヴィクトリアの年齢で婚約者がいてもなんらおかしくはない。

実際エカチュリーナと王太子の婚約は、彼女がわずか十四歳の頃に結ばれたものだ。

今のところ、ルシーノヴァ伯爵家は政略による結婚を必要としていないから、ヴィクトリアは婚約をせずに済んでいるというだけで。

（前は、そもそも結婚という選択肢自体がなかったものね……）

前回の生では反逆者の娘だったヴィクトリアに、嫁ぎ先など望めるわけもなく。

一生をレナートに仕えて過ごそうと決めていた。

だが今回、伯爵令嬢のままであるヴィクトリアは、いずれは社交デビューをして、結婚を考えなければならないのだ。

「うちのヴィーなら、正直なところ、王家にだってお嫁にいけると思っているわ」

きらり、と母の目が野望で輝く。

今日も母の身内贔屓が過ぎる。いくらなんでもそれはないとヴィクトリアは思う。

それに夢を壊すようで申し訳ないが、絶対に王家になど嫁ぎたくない。

前の生において、あの苛烈なエカチュリーナですら、王家に嫁いだ後は非常に苦労をしていたのだ。

時折王宮に呼び出されては、ほぼ罵詈雑言(ばりぞうごん)のような愚痴を聞かされていたものである。

(そのたびにイライラと扇を叩き折っていらっしゃったわね……。エカチュリーナ様は、今どうなさっておられるのかしら)

ヴィクトリアと出会わなかったエカチュリーナは、どうなったのだろう。

ちなみに今、未婚の王族は王太子のみだ。

つまりもしヴィクトリアが王家に嫁ぐとなれば、エカチュリーナとその座を争うことになる。

「……絶対に無理です。お母様」

ヴィクトリアはぶるりと体を震わせた。小指の先ほども勝てる気がしない。なんせエカチュリーナは味方になるとこの上なく心強いが、敵に回ればこの上なく恐ろしい相手である。恐ろしくて考えたくもない。

「そもそも私、王太子殿下はまったく好みじゃありません」

王太子は線の細い美青年であったが、なよなよとしていて、ヴィクトリアの好みでは全くなかった。

ちなみにエカチュリーナは、むしろあの気の弱そうな感じがたまらないのだと嗜虐的に笑って言っていた。

『私の言うことを、なんだって聞いてくれそうじゃない？』

実際前回の生でも、王太子殿下は完全にエカチュリーナの支配下に置かれていた。まあ、それはそれで、王太子自身が幸せそうにしていたのでいいのだろう。

今生においても、エカチュリーナが王太子を尻に敷き、国家権力を掌握するであろう未来しか見えない。

すると母は少し残念そうに「あらそう？」と答えた。

「ヴィー。王太子殿下にお会いしたことなんてないだろう？　どうして好みじゃないなんてわかるんだ」

兄が不思議そうに聞いてくる。ヴィクトリアは笑顔を引きつらせた。

社交デビュー前の貴族令嬢は、ほとんど領外に出ることはない。

よって、ヴィクトリアが王太子殿下の顔や性格を知る機会などないわけで。

前回の生でお会いしたことがあるなどと言うわけにもいかず、「絵姿を見たんです！」と言ってヴィクトリアはごまかした。

もちろん今生においては、絵姿すら見たことがなかったが。

（お二人とも、お元気かしら……）

アヴェリン公爵家の兄妹を思い出し、ヴィクトリアの心を寂寥が襲う。

社交界に出れば、いつか会うことができるだろう。

今の彼らは、ヴィクトリアのことなど知らないのだろうけれど。

社交界に出ていない伯爵令嬢には、彼らの情報はほとんど入ってこない。

だから今頃彼らがどうしているのかも、まるでわからない。

ごくまれに、兄からレナートのことは聞く。よく互いに妹の話をしているという。

けれども兄の口からレナートの名を聞く頻度も、前の生より明らかに減っているのだ。

（なぜなのかしら……？）

面識もなく、話題にも上らない相手のことを聞き出すことも難しく、ヴィクトリアはヤキモキしていた。

「まだヴィーに結婚の話は早いですよ。母上」

ダニエルはなにやら泣きそうな顔をして言った。

別に貴族の令嬢としては、たいして早いわけではない。

遠からず、結婚のことを考えなければならないのだろう。

小姑がのさばっていては、ルシーノヴァ伯爵家に、嫁の来手がなくなってしまう。

「何を言っているの。甘いわよダニー。いい嫁ぎ先は、どんどん売れてなくなってしまうものなのよ。先手必勝よ！」

そして母という生き物は、実に現実的なのである。

確かに嫁にいくならば、爵位を継げる嫡男が望ましい。

なんせこの国では貴族として生まれても、長男以外はほとんど財産を受け継ぐことができないからだ。

次男以下は何かがあった時のための長男の代替品（スペア）に過ぎず、基本的には自分の力で生きていく術を見つけなければならない。

役人として生きるか、軍人として生きるか、それとも実家から資金提供を受け事業を起こすか。

　一方ご令嬢方は、身分と年齢の差が許容範囲の、爵位を継げる嫡男の妻の座という、非常に数少ない椅子を取り合わなければならない。

　この国にたった百と少ししかないその椅子を、その何倍もの人数で奪い合うのだ。

　あぶれれば、次男以下の役人、軍人、起業者と結婚。

　それすらも叶わなければ、金持ちの平民の元へ嫁ぐ。

　最終的に売れ残れば、行き遅れの家庭教師（ガヴァネス）か修道女になる。

　この国で、貴族階級の女性の未来の選択肢は、実に少なく、そして厳しい。

「つまりこれは、戦争なのよ……！」

　母の目が据わっていて、とても怖い。

　けれど母はただ、ヴィクトリアの幸せを願っているだけなのだろう。

　貴族の令嬢の人生は、どうしたって結婚相手で決まってしまうものだから。

（結婚かぁ……）

　たとえ自身には罪がなかろうと、前回の生において反逆者の娘だったヴィクトリアにまともな結婚など望めるわけがなく、元から諦めていた。

　レナートのことを心密かに想っていたが、その恋が叶うことはないことも、ちゃんとわかっていた。

なんせ彼はこの国の筆頭公爵家の当主であり、国一番の魔術師であり、反乱軍を鎮圧した英雄でもあったのだから。

とてもではないが、反逆者の娘であったヴィクトリアの手の届く相手ではなかったのだ。

だからただ想うだけ。絶対に実ることのない、可哀想な恋。

かつて、彼の前に身を投げ出した瞬間を思い出す。

あの時、ヴィクトリアは間違いなく幸せだった。

彼のために、恋のために、殉じることができたのだから。

――それくらいしか、当時のヴィクトリアには許されていなかったのだから。

(……でも私は、もう反逆者の娘ではないのよね)

すると突然、すとんとその事実が胸に落ちてきた。

そう、今のヴィクトリアは、なんの瑕疵もない伯爵令嬢だ。

よってレナートの妻になることだって、まあ、可能と言えば可能なのである。

もちろん今でも十分に身分は違うし、すげなく断られる可能性の方が圧倒的に高いのだろうが。

（……でも少なくとも、レナート様に想いを伝えることくらいは、許されるのではないかしら）

きっと周りは年上の公爵に熱をあげる伯爵令嬢を、幼さゆえの愚かしさだと、微笑ましく見守ってくれることだろう。

どうせ、いつかは目が覚めるだろうと言って。

（そうよ。私、今ならレナート様に、堂々と恋ができるんだわ）

その結論に至った瞬間。目の前が、一気に開けたような気がした。

あんなにも人を愛することは、もう二度とできないだろうから。

せっかくのやり直し人生、頑張ってしまおうか。

――もうこれ以上、後悔をしないように。

「それで、ヴィーは、どんな男性が好みなの？」

どうしても聞き出したいのだろう。再びの母の問いに、ヴィクトリアはあえて何も考えていないような、ふんわりとした笑みを浮かべて答えた。

「そうですね……やっぱり容姿が美しい方がいいです。特に黒髪が好みです。私の背に合わせて、身長の高い方がいいですね。爵位も我が家より高い方がいいです。あ、我が家よりお金持ちであることも必須です。そして年齢差は十歳以内で。もちろん女性にだらしない方は論外です。絶対に浮気をしない、誠実な方でなくては……」

ヴィクトリアがつらつらと、流れるように結婚相手の条件を並び立てる。

それらを聞いた母と兄の目が大きく見開かれ、わずかに口元が引きつっている。

その唖然とした表情に、ヴィクトリアは思わず笑ってしまいそうになった。

きっとヴィクトリアの身のほど知らずな、いと高き結婚相手の条件に、恐れおののいているのだろう。

慎ましく謙虚だと思っていた娘の、妹の、途方もない強欲さを見せつけられ、反応に困っているといったところか。

(まあ、それはそうよね。わかるわ)

どの面下げて言っているのか、という話である。——だが。

「これら全てに該当する方じゃないと、私、絶対に結婚したくありません」

ヴィクトリアはいっさいの妥協をしないと宣言し、小首をかしげて可愛らしく微笑んでみせた。

貴族の令嬢の結婚とは、基本的にその親が決めるものである。

だがレナートに正々堂々と恋をするためにも、ヴィクトリアは両親に適当な婚約者をあてがわれては困るのだ。

ならば最初から途方もなく高い理想を掲げ、それ以外は嫌だと突っぱねればいい。そう簡単には、相手が見つからないように。

これだけ言い張っておけば、己の理想を盾に駄々をこねることも可能だろう。

（お父様もお母様もお兄様も、私には甘いもの）

どうしても嫌だと言えば、よほどのことがない限りは受け入れてくれるはずだ。

「だって、それくらいの方でないと、この家から出たくないんですもの。お父様やお兄様が素敵すぎて……」

そしてヴィクトリアのこのいと高き結婚相手の条件は、己の家族の仕様(スペック)がそもそも高すぎるから、ということにしておく。

実際に父も兄も、地位も金もあり、さらには容姿も性格もいいのだ。

特に兄ダニエルと同じだけの条件を結婚相手に求めたら、該当する男性はこの国にほとんどいないといっていい。

「そ、そうか……」

困った顔をしながらも、ダニエルはなにやら嬉しそうだ。

溺愛している妹に、理想の結婚相手のように言われたことが嬉しいのだろう。

このまま押しきれば、甘い両親と兄が『それならもう結婚しないで、このままずっと家にいればいい』とでも言ってくれそうである。

だが、伯爵家のひとり娘が嫁にいかずに家に残るのは、何かしらの瑕疵を邪推されそうであるし、また小姑つき物件として、兄の結婚にも支障が出てしまうことは必至。

そして実のところ、ヴィクトリア自身、それは本意ではない。

——ヴィクトリアの狙いは別にあるのだ。

「ねえ、お兄様。お知り合いで、いい方はいらっしゃらないかしら？」

実はヴィクトリアが適当に並び立てたように見えるこの高条件に、完璧に合致する人間が、この国にひとりだけいるのだ。

(そう！　それはつまりレナート様……！)

彼は公爵家の跡取りでありながら、当代一の魔力を持ち、黒髪美形で身長はスラリと高く、もちろんお金持ちで人格も誠実で、そして年齢はヴィクトリアの五歳年上である。

全てにおいて、完璧である。非の打ちどころがない。

つまりヴィクトリアは、結婚するならレナートがいい、と言っているに等しいのだ。

（もちろんおこがましいことは、百も承知よ……！）

伯爵令嬢である今であっても、ヴィクトリアとレナートは全く釣り合っていない。

けれどせっかく与えられた、やり直しの機会なのだ。

だからどうか好きな人に、好きだと伝えることくらい、恋を追いかけることくらい、許してほしい。

ヴィクトリアはもう、何もせずに諦めたくはないのだ。当たってちゃんと砕けたいのだ。

「えーと……。ひとりだけ、心当たりがあるかなあ……」

ダニエルが遠い目をしながら言った。

（そうです！　その方です！　あなたのご友人、レナート様のことですよ！）

ヴィクトリアは鼻息荒く興奮し、そして食い気味にダニエルに詰め寄った。

「まあ！　本当ですか？　お会いしたいわ……！」

兄が若干涙目なのは気にしてはいけない。妹は恋がしたいのである。レナート様限定で。

（さあさあ！　今すぐその方を私に紹介してください！）

残念ながら、今のヴィクトリアにレナートとの接点はない。

よって彼の友人であるダニエルに紹介してもらわねば、恋に落ちる動機もつくれないのだ。

「あら、どんな方なの？」

母が心配そうに聞いた。するとダニエルは小さくため息をつく。

「ほら、レナート様だよ。アヴェリン公爵家の当主になったばかりの」

（そう！　まさにその方です！）

ヴィクトリアの心が、最高潮に高揚する。

ぜひとも速やかに、レナートを紹介してほしい。

だが彼の名を聞いた瞬間。母の眉間に、わずかに皺が寄った。

「まあ、あの方……」

思ったよりも母の反応が良くない。ヴィクトリアは内心首をかしげた。

レナートはヴィクトリアの知る限り、王族を除けば最高の結婚相手だと思う。

回帰前も彼は、公爵夫人の座を狙う狩猟者の目をした女性たちに、しょっちゅう追いかけられていたのだ。

秘書であったヴィクトリアが、何度彼を救い出したことか。

「母上。レナート様は素晴らしい方だよ」

「そうね……。まあ、ヴィクトリアの結婚のことは、実際に社交界に出てからでもいいんじゃない？　そこで素敵な出会いがあるかもしれないし」

母が少々煮えきらない態度で言った。

「そうだね。ヴィーも三年後に社交デビューだしね。そんな慌てることはないよ」

どうやら兄もまた、妹にレナートを紹介してくれる気はないらしい。

「……先ほどは先手必勝っておっしゃったのに」

落胆し、不貞腐れるヴィクトリアに、母と兄は困ったように笑った。

「うちのヴィーは最高に可愛いからね。どうせ社交界に出れば求婚者が列を成すくらいに現れるよ」

「そうね。しっかりと相手を吟味することも大切よ」

どうやら母は、レナートのことをあまり良くは思っていないらしい。

確かに彼の強大な魔力を怖がる人は前からいたが、それにしてもおかしい。

（レナート様に、何かあったのかしら……？）

自分の知らない何かが、彼を襲ったのだろうか。ヴィクトリアは不安になる。

「お兄様、お母様。私、そのレナート様にお会いしてみたいわ」

彼に何があったのかを知りたくて、ヴィクトリアは二人にねだった。

だが二人は困ったように顔を見合わせる。

「レナート様は……ちょっとね……」

「母上」

兄が珍しく、強めに母をとがめた。それから一つ深いため息をつく。

「あのね、ヴィクトリア。レナート様は最近、社交にもあまり顔を出されないんだよ」

ヴィクトリアの心臓が、バクバクと嫌な音を立てる。

——やはり彼に、前回はなかった何かがあったようだ。

「レナート様に、一体何があったんですか？」

思ったよりも冷たく厳しい声が出て、母と兄は目を見開いた。

「教えてください！ 彼に一体何があったんです⁉」

自分が幸せにのんきに伯爵令嬢な日々を過ごしている間に、誰よりも幸せでなければならなかった彼が、苦しんでいたとするならば。

ヴィクトリアは自分自身を、許せそうになかった。

娘のあまりの剣幕に驚き、母は痛ましげに顔を歪め、口を開いた。

「……レナート様は精霊の怒りを買い、魔力の全てを失われたそうよ」

「…………！」

衝撃のあまり、ヴィクトリアは息をのんだ。

平民と違い、貴族はそのほとんどが量の違いはあれど魔力を持っている。

魔力は精霊への贄となる。そしてそれを差し出すことで、貴族は彼らの加護を受けることができるのだ。

けれどレナートは、それを全て失ってしまったのだという。

――強大な魔力を持ち、国一番の魔術師だったはずの、彼が。

ヴィクトリアは愕然とした。どうしてそんなことになってしまったのか。

「母上。彼が精霊を怒らせたというのは、周囲のくだらない憶測に過ぎません」

ダニエルが、やはり強い口調でレナートを庇った。

彼らは、今でも友人なのだろう。

ダニエルが自分の代わりにレナートのそばにいてくれたことに、ヴィクトリアは若干の羨ましさを感じつつも安堵する。

前回の生でもダニエルが生きていたのなら、彼らの友情はこんなふうにずっと続いていたのだろう。

「……じゃあどうして、公爵閣下は魔力を失ってしまわれたの？」

「……理由はわからないんだ。レナート様も何も話さないし。ただ事実として、一年ほど前に突然全ての魔力を失ってしまったらしい」
「全魔力を失うなんて……おつらいでしょうね」
かつてその強大な魔力を持って魔術師団を率いていた彼は、魔力を失った後すぐに
その座から降りて、今ではほぼ領地に引きこもっているらしい。
そして彼は魔力を失った理由を、いっさい明かさないのだという。
だから周囲がその原因について勝手に面白おかしく邪推して、なんの根拠もない風
聞を広めているのだ。
まことしやかに流れるその噂を母は信じ、レナートをヴィクトリアの嫁ぎ先候補か
ら外したのだろう。
――精霊を怒らせた人間のそばにいたら、何が起こるかわからないからと。
彼の元に嫁げば、ヴィクトリアまで魔力を失い、精霊の加護をも失ってしまうかも
しれない。
母は、それを恐れているらしい。
それを聞いたヴィクトリアは、怒りのあまり体が震えた。
(まるで私たちの立場が、入れ替わっているみたいじゃない……)
かつて、反逆者の娘と蔑まれるべきだったヴィクトリアを庇ってくれたレナートが、

今や精霊から見捨てられたと、他人から蔑まれる立場となってしまった。

優しい優しいあの人が。――そんなことが、許されていいものか。

（――絶対に、嫌）

「ねえ、お母様、お兄様。私、やっぱりレナート様にお会いしてみたいわ」

「……ヴィクトリア……？」

彼のそばにいたい。落ち込んでいるであろう彼を慰めたい。彼の力になりたい。

そして。――なんなら結婚がしたい。

むしろ魔力を失い、周囲から遠巻きにされている今ならば、自分にも可能性があるかもしれない。

ヴィクトリアは機を逃さない主義である。『鉄の女』は伊達ではないのだ。

「……なんだか目がギラギラしていて怖いんだけど、ヴィー」

「……だって、今なら公爵夫人の座が狙えるかもしれませんよ！」

それを聞いたダニエルの目が、悲しみに満ちた。

純粋無垢で可愛かった妹が、とんだ強欲女になってしまったとでも思っているのかもしれない。

残念ながら、純粋無垢な妹など、とうにいないのだ。

妹は十数年間にわたり、絶望と世間の荒波に揉まれ、すっかり擦れてしまったのである。

「確かにレナート様のアヴェリン公爵家は今でも変わらず我が国の筆頭公爵家であるし、妹君は王太子妃の最有力候補でいらっしゃるものね……」

狙い目といえば狙い目なのかしら、と母が娘と同じ狩猟者の目をして言った。

(よし！　お母様が釣れた……！)

ヴィクトリアは勝利の笑みを浮かべた。

正直なところ魔力の有無などどうでもいい。公爵夫人の座すらもどうでもいい。

ヴィクトリアが欲しいのは、ただレナートその人である。

そして、どうやらエカチュリーナは今回も、着々と次期王太子妃の地位に近づいているらしい。

(さすがはエカチュリーナ様……！)

相変わらずの親友に、ヴィクトリアは安堵した。

どうやら今生もエカチュリーナと王太子殿下の息子である、あの可愛らしい王子様に会うことができそうだ。

(そして私自身も、レナート様好みにならなくちゃ……！)

社交デビューまで後三年。その時までにせっせと自分を磨くのだ。

その生真面目な性格から、ヴィクトリアは常に何かしらの目標を必要とする人間だった。

新たな人生の目標を得て、一気にやる気がみなぎってくる。

（確か、レナート様の好みって……）

彼とは恋愛についての話など、いっさいしなかった。あくまでも上司と部下の関係だったのだ。

『……可愛らしい人がいい』

そこでレナートが酒の席で王太子に女性の好みを聞かれた際に、そう言っていたことを思い出した。

さらにはレナートがヴィクトリアの足元にいたキーラを、可愛いと言って目を細めて見つめていたことを思い出す。

そう、つまりはレナートも、小さくて可愛いものが好きに違いない。

（可愛らしい。それはつまり小動物的な……）

そしてヴィクトリアは自分を顧みる。

平均より高い身長。性格のキツそうな顔。無駄に大きく育つであろう胸。

（……つらい）

どこをとっても相変わらず、可愛げの欠片もない。

そして最後にかつての部下であるイサベラを思い出す。

どこもかしこも計算され尽くした、あの『可愛い』を。

それにしっかりと踊らされていた、哀れな同僚たちを。

そう。ヴィクトリアが今生において目指すべき姿はアレである。

あざとく逞しく生きるのだ。

元の容姿はどうにもならずとも、努力でどうにかできることもあるはずだ。

（可愛くなりたい……！　そしてレナート様に見てもらいたい……）

——できるならば、女性として。

ヴィクトリアの最後の記憶が確かならば、レナートは二十八歳の時点で、結婚も婚約もしていなかった。

男性は女性よりも、結婚適齢期がはるかに長い。

二十代後半であっても、独り身でいることは、それほど珍しいことではなかった。

つまりはまだ、時間は十分にあるはずだ。ヴィクトリアは不敵に笑う。

なんせ一度死んだ身である。いまさら怖いものなど何もない。

（生まれ変わるのよ……！　私！）

そう、男性が好む女性を目指すのである。

連れ歩いて、周囲に自慢に思ってもらえるような、そんな女になるのだ。

「私、これから男性モテを狙って、小動物系女子を目指そうと思います！」

そんなヴィクトリアの明け透けな物言いに。

母はよく言ったと拍手喝采し、兄は悲愴な顔をして頭を抱えてしまった。

第四章　私の可愛いキーラ

新たな人生の目標を定めたヴィクトリアは、すぐに動き始めた。

社交デビューをしてレナートと出会う前に、少しでも彼好みに、そして彼に釣り合う女にならなければならない。

ヴィクトリアは元々、努力があまり苦にならない方である。

むしろ行きすぎて、周囲に止められるほどである。

よってもちろん、小動物系女子になるための研究に、余念はなかった。

まずはこの冷たい雰囲気の顔立ちに、少しでも柔らかい印象を与えたい。

ヴィクトリアは試行錯誤し、可愛らしい化粧、仕草を研究した。

大きな猫目の目尻に下方の陰影をつけて、少し目の雰囲気を甘くし。

きりりと凛々しい一直線に上がった眉は、眉尻をすっきり剃(そ)り落として、眉墨で緩やかな弧を描き、優しげにした。

これだけで随分と印象が変わった。ヴィクトリアは自信をつける。

ちなみにこれらの化粧の仕方は、全て詳細に報告書(レポート)形式で文章にまとめておいた。

あらゆることに備忘録をつけるのは、かつての長き事務官生活による、職業病である。

それを読んだ母は、自らもその通りに化粧を施し『やはりうちの娘は天才……』と感動してくれた。

そして今生は肌の手入れも、髪の手入れも欠かさなかった。

元々凝り性なこともあり、自分の肌質に合う化粧品の研究を始めた。

薔薇や菖蒲、柑橘系などの花から抽出したオイルや成分を、肌に合わせて濃度実験を繰り返し、やがていくつもの化粧品を作り上げた。

もちろんこれらの効能と材料と容量と作り方も、全て詳細に文章に書きまとめておいた。

その化粧品を使った母は非常に満足し『娘が天才すぎて怖い……』とやはり感動してくれた。

前の生において、常に過労で睡眠不足な上にまともに手入れをしなかったせいで、日焼けしそばかすが浮かんでいた肌は、今生では化粧品とこまめな手入れのおかげですき通るように白いままで。

引っ詰めるだけできしきしと傷んでいた髪は、やはり今生では薔薇のオイルで梳られ、艶々と豊かに背中に流れている。

真っ白な頬に赤い頬紅をふんわりと乗せれば、愛らしさが増した。

そしてきつい物言いにならないよう、ゆっくり穏やかに話すことを心がけた。

動きもできるだけゆっくりと、仕草はあざとく、相手に圧迫感を感じさせないようにした。

小動物のように、どこもかしこも可愛らしい雰囲気を目指したのだ。

大きな姿見の前に、ヴィクトリアは立つ。

そこにはかつての面影などまるでない、愛らしい貴族令嬢がいる。

「完璧だわ……」

その姿を見て、ヴィクトリアは自信をつけた。

自分に手をかけることがこんなに楽しいなんて、前の自分は知らなかった。

努力がこれほどまでに、如実に容姿に現れることも。

なんと、可愛いはつくれるのである。

「ええ、ええ！　お嬢様は完璧ですとも！」

隣で専属侍女のオリガが、太鼓判を押してくれる。今日も優しい侍女である。

ちなみに、ヴィクトリアの書いた備忘録は母によってまとめられ、化粧のハウツー本として出版されベストセラーになったらしい。

さらにはヴィクトリアの作った、ルシーノヴァ伯爵領産の植物を使った化粧品も商品化され人気となり、かなりの収益を上げたようだ。

失った鉱山に変わる収益源になったと、家族は喜んでいる。

ヴィクトリアの突きつめる性格が、どうやら吉と出たらしい。


「——ではそろそろ参りましょうか？」

「ええ……！」

そして来年社交デビューの年を迎えるにあたり、ヴィクトリアは初めて兄について領地を出て、王都へとやって来た。

王都に来たからには、ヴィクトリアにはどうしても、会いに行かねばならない相手がいた。

だから王都観光に行きたいと、オリガに駄々をこねたのだ。

（キーラ……やっとあなたに会えるのね）

小さくて可愛いくて有能な、ヴィクトリアの大切な契約精霊。

（なんとしても、キーラに会わなくちゃ）

可愛いキーラがまだあの川辺で、ひとり寂しくしていると思うと、ヴィクトリアの心が痛んだ。

王都観光という名目で馬車を出してもらい、かつてキーラと出会ったシャルル川の岸辺に差しかかったところで、ヴィクトリアは窓から顔を出し、御者に声をかけた。

「川を近くで見てみたいわ！　馬車を止めてくれるかしら」

「……お待ちください、お嬢様。この辺りはあまり治安が良くありません」

すると、随行していたオリガがすぐに止めに入った。

平民だった頃はこの辺をうろうろしても特に危険な目に遭うこともなかったが、やはり貴族令嬢ともなるとそうはいかないようだ。

自由な平民だった頃が、ほんの少し懐かしく感じられる瞬間である。

「お願い。少しだけでいいから」

するとオリガは困ったような顔をして、御者に馬車を川沿いに止めるよう命じてくれた。

「馬車の中から、眺めるだけにしてくださいね」

オリガに言われ、仕方なくヴィクトリアは、馬車の窓から身を乗り出して、周囲を見渡した。

そして懐かしい風景に目を細めながら、黒い影を探す。

（いない……）

だがそこに、キーラの姿は見つからなかった。

前の生でキーラと出会った頃よりも早い段階だから、きっと出会えると思っていたのだが。

（キーラ……どこに行ってしまったの……）

自分よりも、いい契約者が見つかったのならばいい。

けれども今でもどこかで、ひとりぼっちでいるとしたら。

寂しがりな子うさぎを思い出して、ヴィクトリアの胸がつぶれそうになる。

「ごめんなさい、オリガ。少し場所を移動して――」

もう少し川上に行ってみようと、ヴィクトリアが声をかけたところで。

上流の方から、川辺を歩いてくる人影が目に映った。

「……え？」

遠目で見ても長身であることがわかる。風になびくのは艶やかな黒髪。

眩（まぶ）しげに細められた目は、真紅。――懐かしい、愛しい顔。

（レナート様……！）

彼を認識した瞬間。ヴィクトリアはオリガが止める間もなく、馬車から飛び出した。

「ええ⁉ お嬢様……！」

オリガの制止する声が、背中から聞こえたが、ヴィクトリアは足を止めなかった。

高いヒールと、もつれるドレスの裾が、ひどくわずらわしい。

川辺まで来ると、バクバクと音を立てる心臓をなだめるように、大きく一つ息を吐く。

それから息を整えるため、胸の辺りを手のひらで叩く。

久しぶりに見たレナートの顔に、どうにも興奮が冷めやらないが、ここは落ち着かねばならない。

あくまでも今生においては、レナートとは初対面なのだから。

初対面の男性に馴れ馴れしく話しかけようものなら、ふしだらな娘だと勘違いされてしまう。

よってここは、偶然を装わねばならない。たとえ川岸までドレスの裾をまくり上げて、走り降りている姿を見られていたとしても。

ヴィクトリアは澄ました顔を作り、川を眺めるふりをして、レナートがこちらに近づいてくるのを待つ。

い。

「お嬢様ぁぁぁ」とオリガの叫びが背後から聞こえるが、どうかもう少し待ってほしい。

ここはヴィクトリアの新たな人生の、大一番なのである。

緊張で、ドレスの裾の下の足が震えている。

チラリと足元を見れば、長い影が視界に入った。

「……こんにちは。レディ」

そして、その声を聞いた瞬間。ヴィクトリアの心臓は跳ね上がった。

腹に響く、低く艶やかな声。かつては毎日のように聞いていた、素晴らしい美声。

ヴィクトリアはすぐさま振り向きたいのを堪え、ゆっくりと顔をその声の方へ向けた。

そう、可愛らしさは緩慢な動きが生み出すのである。キビキビと動いてはならないのだ。

懐かしくも愛おしい、レナートの顔が目に映る。ヴィクトリアの胸が、きゅうと締めつけられる。

するとレナートの顔が、ふわりと笑みの形を作った。

その麗しさに、思わずしばらくぼうっと見惚れ、それから広い彼の肩の上にちょこんと座っている黒い子うさぎを見て、ヴィクトリアは目を見開いた。

(ええ⁉　キーラ……⁉　どうしてそんなところに⁉)

怜悧な雰囲気の成人男性の肩に、なぜか愛らしい子うさぎが乗っている。

その姿はなんともちぐはぐなのだが、そのギャップがまたいっそう格好良く感じるのだから、恋とは盲目である。

「どうしたんだい？」とレナートに聞かれて、ヴィクトリアは慌てて姿勢を正した。

それからドレスの裾を指先でつまみ、腰を屈めて優雅に礼をとる。

「お初にお目にかかります。ルシーノヴァ伯爵家が長女、ヴィクトリアと申します」

本当は初めてではないけれど、今の人生においては初めてだ。

つまりは恋する男との初対面であり、そして第一印象とは非常に大切なのである。

なんとしても、いい印象を彼に残さねばならない。

ヴィクトリアはこの時のために鍛えた、とっておきの小動物系なあざとい笑みを浮かべ、うっとりと彼の顔を上目遣いで見上げてみせた。

すると、今度はレナートが呆然とする番だった。

小さく目を見開き、ヴィクトリアの微笑みにぼうっと見惚れている。

彼のこんな表情を見るのは、初めてだ。

（こ、これは、ちょっといい反応なのではないかしら……!?）

どうやらヴィクトリア会心の小動物な笑顔が、彼の心に突き刺さったようだ。

するとレナートの肩にいるキーラが、ヴィクトリアを見てぽろぽろと涙をこぼし始めた。

その姿に、ヴィクトリアも思わず泣きそうになった。

レナートと出会えたことも嬉しいが、キーラと再会できたことも、同じくらいに嬉しい。

（会いたかったわ、キーラ）

大切な、大切な相棒。

どうやら今は、レナートがキーラの契約者であるらしい。

それなのに、かつて自分と契約していた頃よりも、キーラは小さくなっていた。

おそらく、魔力を失ってしまったレナートからでは、魔力の供給を受けられないからだろう。

（それなのにどうしてキーラは、レナート様のそばにいるのかしら？）

自分と契約してくれていた時も思ったのだが、時の精霊は強大な魔力の持ち主とは逆に契約できないものなのかもしれない。

その力は、歴史を変えてしまう可能性があるがゆえに。

レナートは、まだヴィクトリアの顔を呆然と見ている。

「どうなさいまして？」

可愛らしく小首をかしげて聞いてみれば、レナートはようやく我に返り、恥ずかしそうな顔をした。

どうしよう。好きな人が、最高に可愛い。

「気を悪くさせたのならすまない。君の美しさに見惚れてしまった」

「………」

（う、美しい……？　美しいっておっしゃいました……？　私が⁉）

これまでの長き努力が、報われた気がした。

ヴィクトリアは歓喜のあまり、一瞬気が遠くなりかけた。

なんとか顔を微笑みの形に維持できたのは、奇跡に近い。

うっかり滂沱（ぼうだ）の涙を流しそうになる涙腺を、必死に引き締める。

「うふふ。ありがとうございます」

「とんだ失礼を。私はレナート・アヴェリンと申します。どうぞお見知り置きを」

完璧な礼を返され、ヴィクトリアの心臓がまた跳ね上がった。

彼に淑女として接してもらうのは、これが初めてかもしれない。

「まあ！　アヴェリン公爵閣下でいらっしゃいますか。いつも兄がお世話になっております」

ヴィクトリアはわざとらしく驚き、またあざとく微笑んで、礼を言った。

するとレナートも嬉しそうに笑った。

「ダニエルから、可愛い妹君の話は前々から聞いていたんだ。彼の言う通り実に可愛らしい」

(可愛らしい……？　可愛らしいっておっしゃいました……？　私が⁉)

ヴィクトリアは有頂天になった。

長きにわたる血の滲むような努力は、無駄ではなかったのだ。

レナートに手を差し出され、ヴィクトリアは無意識のうちに彼の手に自らの手を乗せてしまう。

かつてとは違う、あかぎれ一つない、なめらかな白い手を。

するとレナートはヴィクトリアの手の甲に、触れるだけの口づけを落とした。

「………！」

(ひいいいい……！)

あまりのことに、ヴィクトリアは心の中で絶叫した。甘い、甘すぎる。燃えるように頬が熱い。おそらくは、真っ赤になっていることだろう。

「お嬢様！」

すると、そこでようやくオリガが追いついてきた。

「危ないから馬車は出ないように申し上げましたでしょう！」

「ごめんなさい……どうしても川を近くで見たかったんだもの」

実のところ、近くで見たかったのは川ではなくレナートである。

「それでこちらの方は？」

オリガは警戒するようにヴィクトリアを背に庇い、レナートを睨みつける。

その格好から彼が貴族階級であることが明確であっても、ヴィクトリアを守るため、警戒を緩めようとはしない。

相変わらず信用に値する侍女である。――だが。

「アヴェリン公爵閣下よ。お兄様のご友人の」

ヴィクトリアの紹介に、オリガは顔を青ざめさせ、慌てて頭を下げた。

「し、失礼いたしました……」

「いや、君は主を守ろうとしたに過ぎない。ヴィクトリア嬢は実に優秀で忠実な配下をお持ちだ」

レナートが小さく笑って、オリガを庇い、褒めてくれる。

オリガは恥ずかしそうに俯いた。いつも冷静な彼女の耳が赤くなっていて、とても可愛い。

ヴィクトリアも誇らしい気持ちになる。

（懐かしいわね……）

レナートは仕事には厳しかったが、褒める時は手放しに褒めてくれる人だった。

「私も兄から閣下のことは伺っておりますわ。とてもご立派で信頼に値するお方だと」

「おや、兄君は随分と私を買いかぶっておられるようだ」

それから二人、目を合わせて微笑み合う。

なかなかいい感じである。ならば少しくらい図々しくしてもいいだろうか。

「あの、閣下。肩にいる子うさぎに触れてもいいですか？」

「子うさぎ……？」

「ええ。肩に小さな子うさぎが乗っておられますわ。契約精霊かしら？」

どうやらレナートは、自分の肩のキーラの存在にずっと気づいていなかったようだ。

「すまない、私は今魔力を失ってしまって、その子うさぎの精霊とやらも見ることができないんだ」

こんなに可愛いキーラが見えないなんて、もったいない。

キーラは目を潤ませたまま、何かを請うようにヴィクトリアを見つめている。

おそらくは、撫でろと言っているのだろう。――かつてのように。

「……もし触れられるのならば、触ってやってくれないか。ずっと寂しい思いをさせてしまっているんだ」

優しい言葉だった。許しを得たヴィクトリアはレナートの肩に手を伸ばす。

「お嬢様！」と精霊の見えないオリガが小声で窘めるが、ヴィクトリアは気にせずそのままキーラに触れた。

ふわふわと、どこまでも指が沈み込んでしまいそうだ。

相変わらずの、極上の触り心地である。

「可愛い……」

ずっと会いたかった、ヴィクトリアの大切な相棒。

レナートに拾ってもらえたのなら、よかった。

ひとりぼっちでなかったのなら、よかった。

ヴィクトリアが目を細めてキーラに微笑みかければ、それを見たレナートが困ったような顔をした。

「お嬢様、そろそろ戻りませんと」

オリガに促され、ヴィクトリアは名残惜しそうに、レナートとキーラのそばから離れた。

確かに初対面の男性と長々と立ち話をするのは、淑女としてあるまじき行いかもしれない。

誰かに見られ、社交デビュー前の主人が男と密会をしていたなどと噂を立てられては、オリガとしてはたまらないのだろう。

貴族階級の令嬢は、いつどこで何をしていたか、全て使用人たちによって徹底的に管理され、把握されている。

根も葉もない噂を立てられた時の対抗手段として、身の潔白を証明するためだ。

なんせいつどんな理由をつけられて、足を引っ張られるかわからない。

それだけ数少ない爵位持ちの男性の妻の座を手に入れるための未婚女性の戦いは、熾烈(しれつ)を極めるということなのだが。

(まあ、私はレナート様が相手なら、いくらでも噂が立ってもいいのだけれどね!)

むしろ噂になって責任を取ってもらえたら、万々歳である。

だがのっけからあまりガツガツしては、引かれてしまうだろう。

なんせレナートの好みは、肉食獣ではなく、小動物なのだから。

(それでもかなり親しげな雰囲気はつくれたわね)

そう、今まさに恋に落ちたと、そう言っても違和感がない程度には。

「それでは、私はこれで失礼いたしますわ」

「ああ、楽しい時間をありがとう。ヴィクトリア嬢」

レナートが滲むような笑みを浮かべた。

それだけでヴィクトリアは、また泣きそうになる心をぐっと堪えた。

(初対面としては上々だったのではなくって！　私！)

自画自賛しつつ、思いきり後ろ髪を引かれながら、ヴィクトリアは踵を返し、ルシーノヴァ伯爵家の馬車に向かう。

その背を縋るような目でレナートが見つめていたことには、全く気づかないまま。

(それにしても、まさかこんなところでレナート様と面識がつくれるなんて思わなかったわ)

キーラと再会するつもりが、レナートとも再会できた。

全く面識がない人間が『一目惚れ』などと言い出したら恐怖しかないが、これなら堂々とレナートに恋をしたと主張しても問題ないくらいの出会いは演出できた。
我ながら、ちゃんと恋に落ちた乙女風の演技ができたような気がする。
突然のことながらも、なかなか頑張ったのではないだろうか。
（それにしてもキーラ。明らかに私のことを認識していたわよね……）
キーラとは今生において、契約を結んでいない。
よってキーラの意思や感情は、ヴィクトリアには伝わらない。
けれど確かにキーラは、ヴィクトリアの顔を見て、嬉しそうに涙を流したのだ。
（可愛い私のキーラ。つまりはあなたも、もしかして……）
前回の生の記憶を持っている、ということではないのか。――さらには。
（このやり直しの人生は、やっぱりキーラの力のおかげということなのかしら……？）
時を遡らせたのだ。時の精霊であるキーラの力以外、考えられないだろう。
だがそれを成すための魔力を、あの時死んだヴィクトリアは持っていなかった。
（一体、何があったの……？）
現在のキーラの契約者がレナートである以上、真実をキーラから聞くことができない。
そのことを、ヴィクトリアはもどかしく思った。

第五章　憧れの社交デビュー

「こっちのレースのリボンの方がいいかしら。それともあっちの真珠の髪飾りの方がいいかしら」

「靴はもっとつま先部分の装飾を増やそうか。ドレスの裾から覗いた時に、目を引くように色々な宝石を散らばせるのはどうだ？」

「大きく裾が膨らんだものよりも、ヴィクトリアにはもう少し大人っぽいラインのドレスがいいと思うんだが」

「何をおっしゃってるんです！　デビュタントですのよ！　年齢相応の可憐さが大切なのですわ！」

母と父と兄とオリガが寄って集って、ヴィクトリアは朝から着せ替え人形と化していた。

まもなく今年社交デビューする貴族の子女をお披露目するための、王家主催の舞踏会が催される。

そこで貴族の子供たちは国王陛下に謁見し、以後は成人として社交に参加するようになるのだ。

今年、ヴィクトリアはその舞踏会で社交デビューすることが決まった。

なんせ、ルシーノヴァ伯爵家のひとり娘の社交デビューである。

朝から各専門店のデザイナーを呼び出しての、大騒ぎである。

家族の熱狂ぶりから、どうやら自分に衣装選択の自由はなさそうで、ヴィクトリアは全てを彼らに任せ、おとなしく着せ替え人形に徹している。

（みんな楽しそう……）

ヴィクトリアは微笑みをこぼす。

前回の生では、ヴィクトリアの社交デビューの前に、ルシーノヴァ家は反逆の罪を問われ取りつぶしとなり、家族は皆死んでしまった。

だからこそ、今のこの時間が、どれほど得がたく尊いものか知っている。

「絶対うちの子が今年のデビュタントで一番よ！」

白いドレスを身に纏ったヴィクトリアを目を細めながら見つめ、母が誇らしげに言った。

今年のデビュタントにはアヴェリン公爵家のエカチュリーナもいるため、もちろんヴィクトリアが一番はあり得ないのだが、母のその気持ちが嬉しい。

「可愛いなあ……綺麗だなあ……うちの娘はもうこんなに大きくなっちゃったんだなあ……」

父が寂しそうにヴィクトリアを見つめ、感極まっておいおい泣きだしたのも嬉しい。

「本当にうちの妹は可愛いが過ぎるな……。くれぐれも悪い虫が集らないようにしないとな……」

兄が全く目が笑っていない笑顔で、心配してくれるのも嬉しい。

この姿を、かつての生では家族に見せてあげることができなかった。

ヴィクトリアとて、何も知らぬ純粋無垢な少女だった頃は、人並みに社交界への憧れを持っていた。

けれどもその前に平民へと身を落とし、憧れの社交デビューはできなかった。

同い年のエカチュリーナの美しく着飾ったデビュタント姿を見て、羨ましく思い、そんな自分に自己嫌悪を募らせたこともあった。

だからこそ、この日を無事に迎えられたことが、たまらなく嬉しい。

家族のためなら、いくらでも着せ替え人形になろうではないか。

（きっと、レナート様もいらっしゃるわよね）

エカチュリーナもまた社交デビューなのだから、彼も参加することだろう。

普段は社交にあまり顔を出していないと聞くが、さすがに妹の社交デビューは欠席できまい。

(可愛いと、少しでも思っていただけるといいな)

もちろん彼の隣には、大輪の薔薇のようなエカチュリーナがいる。

それに比べればヴィクトリアなど、霞んで見えてしまうだろうが。――それでも。

全てはこの恋のため、ヴィクトリアは頑張ってきたのだから。

(さあ、ここからが正念場よ)

社交デビューをするということは、婚活市場に出るということでもある。

これから、結婚相手を探す、未婚女性たちの熾烈な戦いが始まるのだ。

もちろんヴィクトリアが狙うのは、レナートただひとりである。

清々しいまでに、それ以外は全く眼中になかった。

そして迎えた社交デビュー当日。

ヴィクトリアは兄にエスコートされ、舞踏会が催される王宮へと向かった。

婚約者のいない未婚の女性は、親族の男性にエスコートを受けるのが基本だ。

ヴィクトリアのエスコート役を巡り、水面下で父と兄による熾烈な戦いが繰り広げられたらしいが、どうやら辛くも兄が勝利したらしい。

父が少々悲しそうな顔をして、母のエスコートをしている。

(でもよかったわ。これで友人の妹という有利条件(アドバンテージ)を使って、レナート様に近づくことができる……!)

目的のためならば、利用できるものは兄でも使う。

仕事に対する『鉄の女』の意思(マインド)である。

残念ながら恋は仕事とは違うことを、ヴィクトリアはまだ気づいていなかった。

「お兄様、昨日お願いした件……」

「はいはい。わかってるよ……」

ダニエルが少々ゲンナリした様子で答える。

『ねえお兄様。私、アヴェリン公爵閣下に恋しちゃったみたいなんです!』

ヴィクトリアは先日の川辺での彼との出会いを、運命的な雰囲気に盛りに盛って、ダニエルに熱く語ったのだ。

『え? それは本当に偶然の出会いなの……?』

今ならば公爵夫人を狙えるのではないか、という母と妹の計算高く生々しい会話を覚えていたダニエルは、若干怯えた声で言った。なかなかに失礼な兄である。

謙虚で純粋無垢だと思っていた妹が、実は野心に満ち溢れた上昇志向の持ち主であったと知った兄は、なかなかに衝撃を受けているらしい。

本当のところは上昇志向などではなく、レナート一点狙いなのだが。

それにキーラを捜しに行ったら出会えてしまったのだから、正真正銘偶然である。

『もちろん、偶然に運命的な出会いを果たしたのですわ』

ヴィクトリアはしっかりと強調した。

そう、これは偶然で運命である。異論は認めない。

『ですので、会場にアヴェリン公爵閣下がいらっしゃったら、絶対に私を紹介してくださいね！　できれば私を売り込んでくださるとなお良いです！』

『わ、わかったよ……』

ダニエルが悲しげな顔をしていたが、ヴィクトリアは笑顔で押しきった。

兄が身勝手に抱いていた妹の印象の破壊など、この恋の前では瑣末な犠牲である。

大体そろそろ兄も、妹離れをしてほしい。

（久しぶりにレナート様に会える……！）

それだけでヴィクトリアの心が、どうしようもなく沸き立つ。

過去へ回帰してからの、レナートに会えない長き日々は、少々寂しくはあれど耐えられないほどではなかったのだが。

一度会ってその顔を見てしまったら、もうダメだった。

——ずっと目を逸らしていた、心の『飢え』にヴィクトリアは気づいてしまった。

彼のそばにいたい、彼を支えたい、という身勝手な渇望が、際限なく湧き上がってしまったのだ。

もちろんおこがましいことはわかっている。

だがヴィクトリアは、何もせずに諦めることはやめたのだ。

（いよいよだわ……）

重厚な扉が開かれ、両親と兄と共に、ヴィクトリアは王宮の大広間へと入場する。

すると一斉に会場の視線が、自分に向けられるのがわかった。

まるで商品を値踏みをするような、鋭い目。

あまりいい気分ではないが、仕方がない。

なんせここは、デビュタントが披露され、査定を受ける場。

つまりは婚活市場に商品として並べられる、初めての日だ。

ルシーノヴァ伯爵家は現在、堅実な領地経営をしている。

よって結婚相手として、ルシーノヴァ家の兄妹は、それなりの優良物件なのだ。

（ものすごい重圧ね……）

きっと前の生の幼い自分ならば、怯えて怖気づいたであろう、場面。

けれども現在のヴィクトリアの中身は、世間の荒波に揉みに揉まれた成人女性である。

しっかりと顔を上げ、にっこりと鍛え上げた淑女の微笑みを浮かべ、鮮やかに一礼をしてみせた。

ヴィクトリアの姿を見た周囲から、感嘆のため息が漏れる。掴みはいいようだ。

「素晴らしいよ、ヴィー！　貫禄すら感じるよ！　とてもデビュタントとは思えない！」

「………」

ダニエルがそう手放しで褒めてくれたが、それはつまり社交デビューを迎えたばかりの若き淑女らしい初々しさがないということで。

そこでヴィクトリアは己の失態に気づいた。もう少しおどおどすべきだった。

小動物系女子への道は、はるかに遠い。

だが兄は、鼻歌でも歌いだしそうに上機嫌だ。

「いやあ、皆が我が美しき妹に見惚れているよ。気分がいいね！」

そう言って、誇らしげにヴィクトリアをエスコートしてくれる。——その気持ちが嬉しい。ヴィクトリアを見せびらかせることが、嬉しいらしい。

「もう、お兄様ったら……」

ダニエルの得意げな顔に、ヴィクトリアも思わず笑ってしまった。

（……さて、そろそろかしら……）

会場への入場は、地位の低いものから順に行われる。

最後に王族が入場して、舞踏会は始まるのだ。

「アヴェリン公爵家当主レナート様、ご令嬢エカチュリーナ様、ご入場です」

待ちに待ったその口上を聞いた瞬間、ヴィクトリアの目が入場扉へと釘づけになる。

ゆっくりと扉が開き、そこから盛装姿のレナートとエカチュリーナが入ってきた。

まるで一幅の絵画のような、美しき兄妹の姿に、やはり周囲から感嘆のため息が漏れる。

込み上げてくる嗚咽を、ヴィクトリアは細く長い息を吐いて堪えた。

前回の生では、デビュタントを迎えるエカチュリーナと、彼女をエスコートするレナートの遠ざかっていく背を、後ろから羨望の目で見つめることしかできなかった。

けれども今は、こうして同じ立場で、同じ場所に立っている。

かつて失われたものを、ヴィクトリアは一つずつ着実に取り戻していた。

（レナート様も、エカチュリーナ様も、お元気そうでよかった……）

時間回帰したヴィクトリアが唯一失ったものは、彼らとの親しい関係だった。

彼らと過ごした日々を思えば、喪失感に胸が震える。

今、幸せに暮らしているヴィクトリアの、ただ一つの心残り。

（……レナート様とエカチュリーナ様に近づきたい。昔のように……）

もう一度、彼らと親しく言葉を交わせる立場になりたい。

やがて国王以下、王族が入場し、王宮楽団の演奏が始まる。

「踊ろうか、ヴィクトリア」

「はい。お兄様」

兄が差し出した手に、ヴィクトリアは己の手を重ね合わせた。

音楽に合わせて足を踏み出し、会場を反時計回りに回る。

レナートとエカチュリーナも、少し離れた場所で踊っている。

「おや。随分と上の空だね、ヴィー」

ダニエルの少し拗ねた声に、ヴィクトリアは慌てて視線を兄に戻す。

つい目でレナートとエカチュリーナを追ってしまっていたらしい。

「ごめんなさい」

「ヴィーは本当にレナート様のことが好きなんだね」

さらにはどうやらレナートを目で追っていることを、気づかれてしまったらしい。

恥ずかしくなってヴィクトリアは俯いた。

無事兄と一曲踊り終わると、今度は父と踊る。

娘の晴れ姿に感極まったのか、父の目がずっと潤んでいて、ヴィクトリアまで泣きそうになってしまった。

一度失ってしまった記憶があるからこそ、自分を慈しんでくれる彼らが愛しい。

父と踊っている間にも、ヴィクトリアの次の相手にならんと、機会をうかがっている男性が何人かいることに気づく。これも、前の生ではなかったことだ。

やはり、顔の雰囲気を優しげにつくり込んだことが、功を奏したのだろう。

父とのダンスが終われば、彼らとも踊らねばならない。

正直わずらわしいが、社交とはそういうものである。

この国の貴族として生きていく以上、避けられないことだ。

仕方がないと、父の手を離して一礼をし、ヴィクトリアが踵を返したところで。

「ヴィクトリア嬢。どうぞ、私と踊ってはいただけませんか？」

――背後から低く、穏やかな声がした。ずっと聞いていたくなる、愛しい声。

驚き振り向けば、そこには少し顔に緊張を滲ませた、レナートがいた。

彼の背後には、親指を突き立てて得意げな顔をしているダニエルがいる。

どうやら兄が、約束を守ってくれたらしい。

（でかしましてよ！　お兄様！　最高ですっ……！）

さすがは我が兄。やる時はやってくれる男である。

ヴィクトリアは心の中で、最大級の感謝を兄に贈った。

「はい。喜んで……！」

言葉に隠しきれない喜びが滲んでしまい、慌てて顔を引き締める。

レナートが、小さく笑う。その微笑みにヴィクトリアの心が打ち抜かれる。

今日も格好良すぎて、心臓への負担が大きい。

そしてレナートと踊るのは、前回の生を合わせても、これが初めてだということに気づく。

緊張で、ヴィクトリアの手が震えた。

レナートはその手を取ると、甲へ触れるだけの口づけを落とした。

「………！」

柔らかな温もりを感じ、心臓があり得ないような速さでバクバクと脈を打っている。

体温が一気に上がるのがわかる。きっと今、ヴィクトリアの顔は真っ赤だろう。

レナートの肩には、相変わらず小さな黒うさぎのキーラがちょこんと乗っている。

ヴィクトリアがそばにいることが嬉しいのか、耳をピンと立てている姿が、なんとも愛らしい。

キーラに微笑みかけたところで、腰を引き寄せられ、手を握られる。

（ひいいぃぃ！）

ヴィクトリアは心の中で叫んだ。

忙しない心臓の音が、レナートにまで聞こえてしまいそうな距離だ。

（し、死んじゃう……！）

緊張で口から心臓が出そうだ。足が震えてうまく動ける気がしない。

前の生では、よほどのことでなければ、緊張なんてしなかったのに。

今生は、なぜか心も体もうまく制御（コントロール）できない。

「あ、あの、足を踏んでしまったら申し訳ございません……」

ぶざまに声まで震えている。ヴィクトリアの運動神経は見た目によらず壊滅的で、
実はダンスもあまり得意ではない。

父と兄は慣れからヴィクトリアの足の避け方を心得ているが、レナートはそうはいかないだろう。

するとそれを聞いたレナートが、また小さく笑った。

「好きなだけ踏んでもらってかまわないよ。我が愚妹など、あえて踏もうとしてくるからね」

だから足を避けるのは得意なんだ、と得意げに言ったレナートに、ヴィクトリアも釣られて笑ってしまった。

かつてレナートとエカチュリーナが踊っている姿を何度か見たことがあるが、確かに妙な緊張感が漂っていて、なぜだろうと不思議には思っていたのだ。

それがまさか、エカチュリーナがレナートの足を、隙あらばわざと踏もうと狙っていたからだったとは。

その時の様子を思い出すとさらに笑いが込み上げてきて、堪えきれなくなったヴィクトリアは、とうとう小さく声をあげて笑ってしまった。

張りつめていた緊張が、解ける。

くすくす笑いが止まらなくなってしまい、さすがに失礼だろうと「ごめんなさい」と詫びて顔を上げれば、なぜかレナートは真剣な顔でヴィクトリアを見つめていた。

そのどこか狂気を感じる眼差しに、体がぞくりと戦慄く。

音楽が始まり、二人で踊りの輪に入る。

ヴィクトリアがステップを間違えるたびに、レナートは巧みに彼女の足を避けた。

その技術は、確かに父と兄を超えている。

これまでどれほどエカチュリーナに足を踏まれてきたのだろうか。

彼らの戦いの片鱗が見えて、ヴィクトリアはまた笑ってしまった。

レナートの援護が本当に素晴らしく、ダンスがうまくなったような錯覚すらある。

父や兄をはるかに超える一体感に、ヴィクトリアは生まれて初めて、ダンスを楽しいと感じていた。

レナートの肩に乗っているキーラも、楽しそうに音楽に合わせて体を揺らしている。

これがまた、とてつもなく可愛い。

だが、楽しい時間はあっという間に過ぎるものだ。

曲が終わりに近づいていることに気づいて、ヴィクトリアは慌てた。

ダンスの相手は基本的にひとり一曲だ。

それ以上を共にするのは、家族か婚約者のみと決まっている。

よって、このダンスを最後に、レナートとはしばらく踊る機会がなくなるだろう。

（……何か、何か言わなくては）

このままでは、なんの進展もないまま終わってしまう。

少しでも次に続くきっかけを、この場でつくらなくてはと、ヴィクトリアは慌てた。

「あの……！」

せめて印象だけでも残そうと、声をあげる。

彼女の強張った笑顔に、レナートは心配したのだろう。

「どうした？」

そう優しく声をかけてくれた。

その瞬間、長年の秘めていたヴィクトリアの恋心が、弾けた。

「結婚してください！」

焦ったヴィクトリアの口からこぼれたのは、なぜか今生における最終目的だった。

しかも発したのがちょうどふと音楽が途切れた時だったため、その声は思いの外大きく響いてしまった。

周囲の人々が一体何事かと驚き、ヴィクトリアとレナートを見やる。

突然の求婚に、さすがのレナートも呆然としている。当然だろう。

それでもダンスのステップがまるで乱れていないのだから、本当に素晴らしい技量だとしか言いようがない。

彼の唇がわずかに動き、何か言葉を紡いだように見えたが、それを聞き取る余裕はヴィクトリアにはなかった。

（イヤァァァァ‼）

ようやく自分が何を口走ったのかを認識したヴィクトリアは、心の中で絶叫した。

踏むべき段階を、一どころか十くらいすっ飛ばしている。

ほぼ初対面に近い面識しかない女から、突然の求婚。

そんなものを受けたら、ただただ恐怖でしかないだろう。

財産目当てと思われても、仕方のない愚行だ。

ヴィクトリアは、己のしでかしに真っ青になった。

とにかくまずは謝ろうと、口を開きかけたところで、音楽がやんでしまった。

（ど、どうしよう……！）

少しずつ距離を縮めて彼の妻の座を狙うつもりが、まさかの大惨事である。

もしここで正しくヴィクトリアが小動物系女子であったのなら、とっさにあざとく「なあんちゃって。……冗談です」的なことを言って、ごまかすこともできただろう。

だがヴィクトリアの小動物系女子風味は、付け焼き刃である。

風味はしょせん、風味でしかない。よって気の利いた反応もとれずヴィクトリアは混乱の中にいた。

体が離れ、手が離れ、レナートが美しく一礼する。

ヴィクトリアも震える手でドレスの裾を持ち上げ、なんとか一礼をすることができた。

周囲の嘲るような、蔑むような視線が苦しい。

泣いてしまいそうになる心を、必死で堪える。

そして肩を落とし、踵を返してその場からすぐに立ち去ろうとしたところで。

大きな手のひらが、ヴィクトリアの手を包み込むように握った。

「ヴィクトリア嬢。どうか、もう一曲踊ってはもらえないか？」

社交場において、ダンスは同じ相手と連続して踊ってはならない。

それが許されるのは、家族や婚約者などの特別な関係の相手だけだ。

そんなことは、レナートとて知っているはずなのに。

蕩けるような微笑みを浮かべながらも、だがどこか希うような彼の目に、ヴィクトリアは逆らえず無意識に頷いてしまった。

なんせヴィクトリアは前の生から、レナートの頼みはいっさい断れない人間であったので。

魂に染みついていたその習性は、残念ながらそのままだったらしい。

するとレナートはヴィクトリアを、またダンスの輪の中へと誘った。

おそらく突然求婚してきた友人の愚かな妹に、恥をかかせないためだったのだろう。

（レナート様はお優しい方だもの……）

恋に酔って何も考えられないふわふわとした頭で、彼に導かれるままヴィクトリアはくるりくるりと踊り続け。

やがて体力が尽き、息が切れてなめらかに動けなくなって、ようやく止まった。

「楽しい時間をありがとう。ヴィクトリア嬢」

そう言ったレナートの蕩けるような笑顔に、夢心地になって。

――そして気がつけば、帰りの馬車の中だった。

どうやらレナートとのダンスが終わってすぐに家族に回収され、舞踏会の会場から退出させられたようだ。

馬車の中で、家族が皆、沈痛な面持ちをしている。

もちろん考えなしの、ヴィクトリアのせいである。

正気に戻ったヴィクトリアの全身からも、血の気が引いた。

社交デビュー早々の大惨事だ。つるっとすべった己の口を、縫いつけてしまいたい。

「さて、どうしようか……」

ダニエルの、苦りきった声が聞こえる。

ヴィクトリアは下を向いたまま、ドレスの裾を握りしめた。

結局今日、ヴィクトリアは家族とレナートとしか踊っていない。

それは、レナートとヴィクトリアが結婚を前提にした付き合いである、と周囲に公表したに等しい。

だが実際には、そんな話はいっさいないのだ。

このままレナートと結婚、もしくは婚約を結ばないのであれば、ヴィクトリアは彼に弄(もてあそ)ばれた『傷物』という認定を周囲から受けてしまうことになる。

それどころか、礼儀知らずの破廉恥な娘だという印象を持たれてしまうに違いない。

こういった場合、大概男性よりも女性が深い傷を負うものだ。

だからこそ家族は今、頭を抱えているのだろう。

ヴィクトリアを愛しているがゆえに、彼女の未来を憂いて。

「アヴェリン公爵閣下に、責任を取っていただくしかないだろうね」

気の弱い父が、珍しく硬い声を出した。

レナートは独身であり、確かに責任を取れる立場ではある。

「……それしかないわね。娘を傷物にする気かと、半ば脅すくらいの意気込みで頑張ってみましょう」

母の目が据わっていて、非常に怖い。

「……僕の知る限り、彼は誠実な男だから、ヴィクトリアを傷つけるようなことはしないと思う」

ダニエルが膝の上で握りしめている手が、強い力で色を失っている。

ヴィクトリアの名誉を守るため、家族は皆真剣に話し合っていた。

（とんでもないことになってしまった……）

これからレナートにかけるであろう、多大な迷惑を思い、ヴィクトリアは目の前が真っ暗になってしまった。

あの時、「結婚してください」などとうっかり求婚しなければ、こんなことにはなっていなかっただろう。

ああ、せめてもう一度踊ろう、と誘われた時に己の恥を受け入れて、ちゃんと断れていればよかったのに。

レナートからのお願いに対してのみ、ヴィクトリアは非常に流されやすかった。

己の愚かしさに、心の中を後悔が渦巻く。

けれども家族は誰も、ヴィクトリアのことを責めようとはしない。

大人の男性、しかも公爵位にある男性を相手に、デビューしたての小娘ができることはなかったと、家族は判断したようだ。

本当に優しい家族だと、しみじみ思い、ヴィクトリアは泣きそうになる。

だからこそ、こうして迷惑をかけてしまうことが、心苦しくてたまらない。

（私のせいなのに……）

本当は、ほとんど面識のない相手に突然の求婚をやらかした、ヴィクトリアにこそ非がある。

だがどうやらその場から遠くにいた家族に、あの愚かしい求婚は聞こえなかったようだ。

家族に知られずに済んだのはありがたいが、それではレナートがヴィクトリアの代わりに責任を問われてしまう。

「とにかくアヴェリン公爵家に、使者を送りましょう。このたびのことを、ヴィクトリアのことを、一体どうお考えなのか……」

「待って……お父様、お母様、お兄様」

静かに怒り狂う家族に、ヴィクトリアは必死に声をあげた。

感情が溢れて、次から次へと涙が溢れる。

このまま素知らぬ顔をしていれば、大好きなレナートの元へ、嫁ぐことができるのかもしれない。

それはヴィクトリアにとってはもちろん願ってもないことだが、そこにレナートの意思はないのだ。

このままでは、好きでもなんでもない女と、レナートは結婚させられることになる。

(私にとっては幸運だけれど、レナート様はそうじゃない……)

ヴィクトリアが願うのは、レナートの幸せだ。

彼を不幸にしてまで、自分の願いを優先させるわけにはいかない。

「違うんです……。私のせいなんです……」

ヴィクトリアは泣きながら、レナートに一目惚れし、舞い上がって唐突に求婚の言葉を吐いてしまったことを家族に話した。

そしてそれを、周囲の人たちに聞かれてしまったことも。

だからこそヴィクトリアに恥をかかせまいと、レナートが気を利かせて何度も踊ってくれたのであろうことも、洗いざらい全て正直に話した。

それを聞いた家族は、さらに沈痛な面持ちになってしまった。

申し訳なくて、胸がつぶれそうだ。

「ですから、アヴェリン公爵閣下は全く悪くないんです……」

「……そうかなあ？」

するとそんなヴィクトリアの言葉に、ダニエルが疑問の声をあげた。

「レナート様は誠実な人だけど、そこまでの考えなしでもなければ、お人好しでもないと思う。少なからず、ヴィーに対し思うことがあったんだと思うよ。……一度僕から彼と話をしてみる」

「そうよ。理由はどうであれ、どうしたってアヴェリン公爵閣下とは、一度今後のことをお話ししなくてはいけないわ」

母にも諭され、ヴィクトリアは俯き小さく唇を噛んだ。

家に帰れば、使用人たちからわくわくと期待した眼差しを向けられ、それから怪訝そうな眼差しを向けられた。

なんせこの家のひとり娘である、ヴィクトリアの社交デビューだ。

もっと喜びに溢れて帰ってくるかと思いきや、家族全員が沈痛な面持ちをしているのである。

ヴィクトリアに至っては、死んでしまいそうなほど青い顔をしているのだ。

デビューの場で何かあったに違いないと、使用人たちも釣られて沈痛な面持ちになってしまった。

ヴィクトリアは半泣きのまま衣装を脱ぎ、身を清め、何も言わずに寝台に潜り込む。

専属侍女のオルガが心配そうな目をしているが、何があったのかを説明する元気は、ヴィクトリアには残っていなかった。

ぐるぐると回る思考の中で、結局ヴィクトリアは一睡もできないまま、朝を迎えてしまった。

衝撃（ショック）を受けているヴィクトリアを、そっとしておこうと考えてくれたのだろう。

朝食の時間になっても、誰もヴィクトリアを起こしに来なかった。

やがてようやく睡魔に襲われて、寝台でうつらうつらしていると、突然バァン！と激しい音を立てて、ノックもなしに部屋の扉が開かれた。

「お嬢様ぁぁぁ！　今すぐ起きてください……！」

いつになく興奮したオリガに、一体何事かと、ヴィクトリアも寝台の上で飛び上がった。

「お、おはよう、オリガ。一体どうしたの……？」

「アヴェリン公爵閣下が、ヴィクトリアお嬢様を訪ねて、屋敷にいらっしゃっております！　早くお着替えください！」

それを聞いたヴィクトリアは、もちろんすぐに寝台から飛び降りて、着ていたネグリジェを勢いよく脱ぎ捨てた。

「──突然の訪問を、お許しいただきたい」

アヴェリン公爵レナートは、軽く頭を下げた後、爽やかな笑みを浮かべてそう言った。

そのあまりの顔の良さに、ルシーノヴァ伯爵夫妻は圧倒され、彼とそれなりに付き合いの長いダニエルは、その胡散（うさん）くささに苦笑する。

レナートは基本的に誠実な男だが、狙った獲物は逃さない狡猾（こうかつ）な男でもあるのだ。

「は、はい。閣下。当家にまでご足労いただき、光栄です！」

当初一言文句を言ってやるという意気込みでいた父であったが、早々にレナートの圧倒的な存在感に、何も言えなくなってしまったらしい。

そもそも気の非常に弱い父である。こりゃダメだとダニエルは、小さくため息をついた。

「ヴィクトリア嬢とお会いしたいのですが。今、どちらに？」

そしてこの場にヴィクトリアがいないことに、レナートは片眉を上げる。

それは、彼が不服な時によく見せる仕草だと、ダニエルは知っていた。

「申し訳ございません。ヴィクトリアは昨夜のことが随分と衝撃だったようで、家に帰ってから部屋にこもったきりで、出てこないのですわ」

母の嫌み含みの言葉に、レナートが表情に若干罪悪感を滲ませる。

やはり母は強いのである。父よ、見習ってもう少し頑張ってほしい。

そしてどうやらレナートは、妹のことを大事に思っているようだと、ダニエルは判断し、安堵する。

たとえ友人であろうと、妹をぞんざいに扱うのであれば、許すつもりはなかった。

「……そうなのですか」

レナートは小さく唇を噛み、それから覚悟を決めたように、真っ直ぐに両親とダニエルを見据える。

「本日は、ヴィクトリア嬢に、結婚を申し込みにまいりました」

そのレナートの言葉に、両親はあからさまに安堵の色を浮かべた。

どうやらヴィクトリアが、このまま傷物になる心配はなさそうだ。

魔力をなくしたとはいえ、それ以外の全ての面においてアヴェリン公爵閣下は、娘の結婚相手として最高の男である。

「……ですが、閣下は一体なぜうちの娘を……」

ルシーノヴァ伯爵家は、権力も資金力も歴史もそれほどあるわけではない。

数ある伯爵家の中で、全てにおいて中くらいの、平々凡々な家である。

本来ならば、公爵家と縁づくような家格の家ではないのだ。

そして世の中うまい話には、大体裏があるもので。

突然の話に、弱気な父は不安を抱いているようだ。

公爵位にあるレナートを前に、怯えながらも必死に言葉を紡いでいる。

筆頭公爵家であるアヴェリン家からの申し込みとあらば、こちらから断ることは難しいと、わかっていても、なお。

緊張からか少々声が震えているのは、ご愛嬌である。

「……大切に育てた娘です。大切にしていただかなければ困るのです」

そして、幸せにしてもらわなければ困るのだと。そう父は言った。

気が弱いながらも娘を愛するがゆえに必死な父を、ダニエルは見直した。

父はどうやら、やればできる男だったようだ。

「──一目惚れです」

するとレナートは、間髪入れずに堂々と、そう答えた。全く迷いを見せることなく。

堂々と発せられた想定外の言葉に、ルシーノヴァ伯爵一家は目を丸くした。

「な、なる……ほど……？」

『一目惚れ』という事象には、確かにどんな理屈も吹き飛ばす力があった。

どうしたって『それなら、仕方がない』としか言いようがない。

なんせ、理由も理屈もなく、恋に落ちたからこその『一目惚れ』。

ダニエルと両親は、それで納得せざるを得なかった。

確かにヴィクトリアはめちゃくちゃ可愛い。

一目惚れされても仕方がないかもしれない。

娘および妹馬鹿な家族全員で、そんな気持ちになってしまった。

「社交デビューされたヴィクトリア嬢は、これから多くの男たちの目に触れることになるでしょう。そして誰もが彼女の存在に、魅了されるに違いない。ですから私は彼女がほかの誰かの目にとまる前に、婚約だけでもしてしまいたいのです」

「はあ……」

つまり彼は、ヴィクトリアの所有権を主張したいので、先物買いをさせてくれ、と言っているらしい。

確かにアヴェリン公爵の婚約者という最強の肩書きを得たヴィクトリアに、無防備に近づく間抜けな男はいなくなるだろうが。

独占欲むき出しの熱烈な言葉に、なにやら聞いている家族の方が赤面してしまった。

どうやらヴィクトリアは、色々な意味でとんでもない大物を、社交デビュー早々に釣り上げてきてしまったようだ。

うまい返しの言葉が見つからずに家族が困惑としていると、恐る恐るといった感じのノックの音が響いた。

「……入りなさい」

「失礼いたします」

父であるルシーノヴァ伯爵の声に、扉が開き、ヴィクトリアが入室してくる。

その顔は、見ている方が可哀想になるくらいに、青ざめていた。

昨日の件で、彼女は随分と自分を責めていた。

レナートに恋をしているからこそ、彼に迷惑をかけてしまったことが、苦しくて仕方がなかったのだろう。

大丈夫だと、むしろ喜べと言いたくなる気持ちを、思わずにやけそうになる顔を引き締めながらダニエルはぐっと堪えた。

それを彼女に伝えるべきは、今、目の前に座っている男の役目だろう。

ヴィクトリアを見て、レナートはすぐに立ち上がり、蕩けるような笑みを浮かべてみせる。

そんなレナートの微笑みを、ダニエルは長い友人付き合いで初めて見た。

その姿は間違いなく恋する男なのだが、残念なことに当のヴィクトリア自身は俯いていて、全く気がついていなかった。

妹は不思議と昔から、妙に間が悪いのである。

「遅くなりまして、申し訳ございません。おはようございます。アヴェリン公爵閣下」

腰を屈めて一気にそこまで言うと、ヴィクトリアは顔を上げた。

そこで燦々と光が差し込む窓が視界に入り、自分が寝坊しただけでとうに正午を過ぎており、『おはよう』と挨拶するにはおこがましい時間であることに気づいたようだ。

それでなくとも青い顔を、さらに青くした。

今頃心の中で『やってしまった』と悲鳴をあげていることだろう。

なんせ妹は、何もかもが顔と言葉に出やすく、わかりやすいのだ。

淑女としては褒められたことではないのだろうが、そんなところがとても可愛いと、かつて彼女が、その全てを失ったことを知らない妹馬鹿なダニエルは思う。

「ヴィクトリア嬢、昨夜は素晴らしい時間をありがとう」

レナートの言葉に、青ざめていたヴィクトリアの顔が、うっすらと赤みを取り戻す。

「いえ。こちらこそ。夢のような時間でしたわ」

少々強張りながらも、ヴィクトリアが小さく微笑めば、レナートもまた嬉しそうに微笑んだ。

唐突に二人の世界が構築されてしまった。家族がまだここにいるというのに。

（とっとと結婚しろ）

ダニエルは思った。どう見ても両思いである。

なぜ妹は、レナートの明らかに粘着そうな恋情に、気づいていないのだろうか。

こほん、と父が咳払いをして、二人が慌てて絡みあった視線を逸らし、長椅子に腰をかける。

「ルシーノヴァ伯爵。どうか私から伝えさせてほしい」

娘に縁談のことを告げようと口を開いた父を制止すると、レナートは真っ直ぐにヴィクトリアに向き直った。

ヴィクトリアがおろおろと、視線をさまよわせる。

ダニエルはいっそ、喜劇を見ているような気分になった。

社交デビューしたばかりの妹を、こんなにも早く奪われることになろうとは思わなかったが、長き友人関係でレナートが誠実な男であることを、知っている。

妹をこの上なく大切にしてくれるであろうことも。

だからきっと、これは大団円というやつで。

「──父君に、君との結婚を申し出た」

ヴィクトリアの薄青色の目が、こぼれ落ちそうなくらいに大きく見開かれる。

「…………え？」

そしてヴィクトリアの口からこぼれ落ちたのは、そんな間抜けな声だった。

信じられないと、その表情が物語っている。

だがレナートは気を害することなく立ち上がり、彼女のそばに歩み寄ると、その場に跪く。

「…………ええ？」

まだ現実に認識が追いついていないヴィクトリアは、衝撃的な事態に、さらに間抜けな声をあげて、まん丸の目のまま呆然としている。

レナートは逃さないとばかりに彼女の手を取り、その甲に柔らかな口づけを落とす。

「ヴィクトリア嬢。どうか、我が妻となってくれないか」

その手に落ちた温もりから、ようやく正気に戻ったヴィクトリアは、まず空いている方の手で自分の頬をつねった。

まだ夢の中かとでも思っているのだろう。

それを見たダニエルは、思わず小さく噴き出してしまった。

「…………私が、レナート様の、妻？」

「それ以外何があるんだい？」

幼くこぼされた言葉を拾って、微笑みながらもぐいぐいと攻めてくるレナートに、ようやく認識が追いついたらしいヴィクトリアの顔が、一気に真っ赤になった。

「あ、あの、そんな無理して私を娶っていただく必要は……！」

昨夜のことに責任を感じて、結婚を申し込んだと思ったのだろう。

ヴィクトリアは慌てて首を横に振る。だがレナートは逃すまいとさらに言い募る。

「私は君がいい。私が君を選んだ。だからこそこうして希っているんだ」

ヴィクトリアの目が潤む。それはきっと、喜びの涙で。

「――私は君に、恋をしているんだ」

「ひえ……」

恋が叶ったというのに、もっとほかに言うことはないのか、妹よ。

まるで舞台を見ているかのような求婚だというのに、いまいち緊張感のない阿呆な妹のせいで、色々と台無しである。

ダニエルは笑いを堪えるために、指先で額を押さえた。

「お願いだ。『はい』と言ってはくれないか」

ヴィクトリアは困ったように父を見て、母を見て、それから兄を見た。

皆がレナートのつくり出した劇場のような雰囲気にのまれており、全員が頷く。

そして最後にヴィクトリアは、追いつめられたようにレナートを見た。

何かを乞うような彼の熱い視線に、堪えきれずにぼたぼたと涙を流す。

ついでに鼻水も垂れそうになっている。

色々と台無しで、兄は心配でたまらない。

「……はい」

それからヴィクトリアは観念したように、小さな声で返事をして、頷いた。

それを受けて、ぱあっとレナートの顔が輝いた。

やはり我が友人ながら、腹立たしいほどに顔がいい。

「ありがとう。生涯大切にすると誓う」

レナートが包み込むように、ヴィクトリアを抱きしめた。

やはり完全に、この場に家族がいることを忘れているようだ。

お願いだから、そろそろ思い出してほしい。

まあ、両親はまるで素晴らしい演劇を観たかのように、寄り添い合って滂沱の涙を流しているからいいのだろう。

レナートの性質を知っているダニエルとしては、一歩引いた感じに見てしまうが。

(でも、よかったな……)

一目惚れなのだと、彼が好きなのだとヴィクトリアが言い出した時はどうなることかと思ったが、どうやらちゃんと運命の二人だったようだ。

供給過多で半ば白目をむいている残念な妹を見ながら、ダニエルはそんなことを思った。

第六章　婚約しました。

何がなんだかわからない。

というのが、ヴィクトリアの現在の素直な心境である。

どうやら自分は、社交デビューして即、買い手がついてしまったらしい。

しかも、その相手は長年恋し続けた、愛しのレナートだ。

夢としか思えない。けれども夢ではないのである。

これまで色っぽい話の一つもなかったアヴェリン公爵閣下の突然の恋物語は、あっという間に社交界に広まった。

なんでも、デビュタントのルシーノヴァ伯爵令嬢に一目惚れした彼は、披露舞踏会の間、一瞬たりとも彼女を離さず囲い込んで、一気に婚約にまで持ち込んだのだと。

まあ、間違ってはいない。本当に一目惚れかについては疑わしいが。

そして婚約してしまえば、必要以上に社交に顔を出す必要がなくなる。

婚約者であるレナートが社交界から距離を置いていることもあり、ヴィクトリアもあまり社交に参加しなくなった。

すると、『あのアヴェリン公爵を骨抜きにした、滅多に姿を現さない伯爵令嬢』の噂は元気にひとり歩きを始めてしまった。

美しき婚約者をほかの男の目に触れさせたくないと、アヴェリン公爵が彼女を外にいっさい出そうとしないのだとか、一目見たら忘れられないほどの、とんでもない絶世の美少女なのだとか。

皆がヴィクトリアに興味津々だ。もちろん自分が部外者であれば、ヴィクトリアも興味津々であっただろう。

残念なのは、自分がその噂の当事者ということで。

ヴィクトリアは心の中で、婚約が決まってから何度目かわからない絶叫をあげた。

（イヤァァァァ……！）

残念ながらヴィクトリアは、皆様のご期待に添えるような絶世の美少女ではない。

レナートやエカチュリーナの横に並んでしまえば、どれほど着飾ったところで、ヴィクトリアの存在は確実に霞むだろう。

それなのに皆がなんとか噂のヴィクトリアの姿を見ようと、あれこれ手を回してくるのだ。

「友人たちが一目でいいからヴィーを見せろって、うるさくてさ……」

今日もダニエルが無責任にそんなことを言ってくる。

「がっかりされる未来しか見えないので、絶対に家に呼ばないでください……」

期待があまりにも大きすぎる。そんな大したものではないというのに勘弁してほしい。

『え？　この程度？』

などと言われたら、さすがのヴィクトリアも泣いてしまう。

下手をしたら、婚約者であるレナートにまで恥をかかせてしまう。

よってヴィクトリアは、ぴしゃりと兄の依頼を断った。

「うちの可愛い妹を、みんなに見せびらかしたいのになぁ……」

「お兄様が恥をかくだけかと……」

「なんでそんなに自己評価が低いんだろうな。僕の可愛いお姫様は」

「…………」

もう遠い記憶になりつつあるが、かつて『鉄の女』と蔑まれていた頃の感覚が、いまだに忘れられないのだ。

顔や髪の手入れは欠かさないし、体型も維持している。

小動物のようにと、可愛らしさを常に意識している。

それでも、自信を持つことができない。

（結婚式までに、もっと綺麗にならなきゃ……！）

結局レナートとの結婚は二年後、ヴィクトリアが成人となる十八歳になってからと決まった。

レナートはすぐに結婚することを希望していたのだが、本来貴族の結婚は長めの婚約期間を置き、結婚の準備をすることが通例である。

『ひとり娘なので、できるだけのことをしてやりたいのです』

という父の言葉により、彼は長めの婚約期間を置くことに同意してくれた。

まさか父がレナートを説得してくれるとは思わず、ヴィクトリアは驚いた。

気の弱い父であったが、娘のためならばレナートとだって相対してくれるのだ。

かつての生でも、家族はヴィクトリアを助けてくれた。

自分たちの命が失われることを受け入れて、それでも幼い娘だけは、と。

当時のヴィクトリアは家族に愛されていることが、当たり前だった。

だからこそ、それがどれほど得がたいものなのか、気づかなかった。

――けれど今は、知っている。

愛する家族と過ごす時間が、どれほど大切なのか。

(レナート様はちょっと不服そうだったけれど……)

その時のことを思い出し、ヴィクトリアは小さく笑う。

父の要望を微笑みながら受け入れたくせに、レナートの右眉がわずかに上がっていたのだ。

秘書官として、長年彼のそばに仕えていたから知っている。

それは彼が不快や不服に感じた時の、癖なのだと。

確かにヴィクトリアとしても、すぐにでもレナートの元へと嫁ぎたいという気持ちがあった。

なんせ長い間、恋に恋焦がれた相手である。

けれどもやはりもう少しだけ、子供でいられる時間が、両親や兄との時間が欲しいことも事実だった。

婚約期間の二年の間にうっかりレナートが正気に戻って、ヴィクトリアとの婚約を解消したいと望むようになったらどうしよう、などと考え不安になったりもしたのだが。

それはそれで、仕方がないとも思う。

自分といるより、ほかの人といる方が幸せというのなら、受け入れるしかない。

ヴィクトリアのレナートへの想いは、どこか信仰に近いものがあった。

彼には、ただ幸せであってほしい、という。

（ああ、結婚式までに、どうにかして絶世の美女になる方法はないかしら……）

そんなものあるわけがない。わかっているがヴィクトリアは頭を抱える。

結婚式の際、レナートと並べばヴィクトリアは明らかに見劣りしてしまう。

「お嬢様。今日もアヴェリン公爵閣下からお花が届いておりますよ～」

悶々とヴィクトリアが悩んでいると、わさっと大きな花束を抱えて、オリガが部屋に入ってきた。

ヴィクトリアの大好きな、可愛らしい桃色の薔薇だ。

花束が大きすぎて、彼女の上半身が見えない。

絶対に前が見えていないだろう。大丈夫だろうか。

「今日も綺麗ね……」

そしてもちろんその花束には、やたらと達筆な手書きのカードが添えられている。

そこには『ヴィクトリアへ。愛を込めて』などと甘い言葉が書き連ねてある。

間違いなく、先の人生で散々見慣れていた、レナートの筆跡である。

かつての自分が彼のこの署名をもらうために、書類片手にどれだけ公爵邸を走り回ったことか。

代筆ではなく、こうして自筆でメッセージをくれることが嬉しい。

「ひぇ……」

カードを読んだ瞬間、ヴィクトリアの口から悲鳴に似た情けない声が漏れる。

果たしてこれは本当に現実なのかと疑ってしまう。いまだに信じられない。

正直なところ、レナートがヴィクトリアをそこまで愛する理由がわからない。

そんなきっかけが、今生のどこかにあっただろうか。

だというのに、とにかくレナートが甘すぎる。ドロドロに甘い。

これでは彼の心を疑いようがない。

「本当は私のことなんてなんとも思っていないんでしょう⁉」などとヴィクトリアが不安に浸るような暇を、いっさい与えてくれないのだから。

むしろ大事にされすぎていて、自己肯定感が地を這っているヴィクトリアとしては、申し訳ない気持ちになってくる始末である。

(レナート様にここまでしていただく価値が、私にあるのかしら)

レナートからカードをもらうたびに自分の頬をつねってみるのだが、毎回痛いので、やはり今日も夢ではないらしい。

「愛されていらっしゃいますね。お嬢様」

オリガから生ぬるく微笑まれれば、ヴィクトリアは真っ赤になって縮こまるしかなかった。

前回もらった白薔薇の花束もまだ瑞々しい状態で、部屋の窓辺に飾られている。

つまりレナートは、ほぼ毎日のように、ヴィクトリアに何かしら贈ってくるということだ。

それは花束であったり、小物であったり、装飾品であったりした。

負担に思わない程度の、けれども全てがしっかりとした品質のもので。

「公爵閣下は実にスマートでいらっしゃる」

オリガがレナートの手際に、感嘆のため息をつく。

前回においても今回においても、恋愛とは無縁に生きてきたヴィクトリアでは、レナートの猛攻に全く太刀打ちできない。

彼の想いは、この上なく嬉しい。嬉しいのに。

どうしてここまでしてくれるのかが、全くわからない。

わからないからこそ、不安に苛まれるのだ。

「とにかく、お礼状を書かなくちゃ……」

正直なところ、お礼状に書くネタもとうに尽きている。

なんせほぼ毎日、贈られてくるのだから。

けれども単純なお礼だけでは素っ気なく思われてしまいそうで、必死にネタを探し、書いている。

結局毎日交換日記のように、文通をしている有様だ。

「さすがにこう毎日のように贈り物をされるのは、申し訳がないわね……」

いくらなんでも、もう少し頻度を減らしてほしい。

できる限り、レナートの負担になりたくはないのだ。

だが善意や厚意を上手に断るのは、非常に難しい。

下手をすれば相手を傷つけてしまう可能性がある。

文字にして伝えるのは、さらに冷たい印象を与えてしまう気がした。

「レナート様とお会いできないかしら……」

それならいっそのこと、彼と直接会って話がしたいとヴィクトリアは思った。

対面であれば、誤解なく伝えられるだろう。

「つまりヴィクトリア様は、レナート様と逢い引き（デート）がしたいんですね！」

「はい？」

「メッセージカードや贈り物をもらうよりも、直接レナート様にお会いしたいんでしょう？　それはつまり逢い引きでは？」

「た、確かに……！」

言われてみれば、そうである。気づいたヴィクトリアは顔を赤らめた。

うっかり自分からレナートに、図々しく逢い引きのお誘いをしてしまうところであった。

「誘ってみたらいかがです？　下手な誤解を招くより、直接会ってご本人を前にお話しした方がいいですよ」

「……図々しく思われないかしら？」

「これだけ尽くされておいて、何を言っておられるやら」

お嬢様からのお誘いを、公爵閣下は絶対にお喜びになると思います！などとオリガに太鼓判を押され、迷いに迷った末に、ヴィクトリアはレナートへのメッセージカードの最後に小さな字で『お会いしたいです』と書いた。

封をする時にも散々逡巡し、配達を依頼する際にも散々逡巡した。

なんなら出した後にも、いっそ取り戻せないか悶々とした。

あまりのヴィクトリアの往生際の悪さに、オリガは呆れ果てていた。

「も、もうそろそろレナート様のお手元に届いたかしら……。読んでどう思われたかしら……」

「はいはい、大丈夫ですよ。いい加減にしましょうね」

ぶつぶつ言いながら部屋の中をうろうろと歩き回り、みっともないとオリガに怒られたりもした。

（返事が来るのはきっと明日か明後日でしょう……。今からこんなに緊張していたら、身がもたないわ……）

などと自分に言い聞かせたりもするのだが、不安は止まらない。

「……ねえ、オリガ。やっぱり図々しかったと思わない？」

「……ヴィクトリア様って、案外面倒くさい方ですわね……」

そしてとうとうオリガにまで匙を投げられてしまった。

確かに我ながらこんなにも女々しかったとはと、自分でも驚いている。

絶対に手に入らないと思っていた頃は、期待もしなかったから不安になることもなかったのに。

こうして手が届くようになって初めて、こんなにも些細なことで不安に苛まれてしまうことを知った。

「もう、なるようにしかなりませんから」

「わかっているわ。でもどうしても考えてしまうのよ」

返事を待つことが、こんなにも精神をすり減らすなんて、知らなかったのだ。

けれどヴィクトリアの不安は、思った以上に続かなかった。

なんとその日のうちに、レナートから返事が来たのだ。

「早……」

そう言ったオリガの顔が、若干引きつって見えたのは、きっと気のせいだろう。

ヴィクトリアは震える手で、封を切り、手紙を開く。

『私もヴィクトリアに会いたい』

生き生きと、踊るような筆致で書かれているその文面を見て、ヴィクトリアの視界が安堵で潤んだ。

手紙を胸に抱きしめて、深く長い幸せなため息をつく。

「もう、とっとと結婚なされればいいんじゃないですかね……」

などとオリガが心底面倒くさそうに言った。今日も正直な侍女である。

そして何度かの手紙でのやり取りの後、貴族の逢い引き場所として鉄板である、王都中央にある公園でヴィクトリアはレナートと会うことになった。

「ヴィクトリア……！」

ルシーノヴァ伯爵家の王都別邸（タウンハウス）までヴィクトリアを迎えに来たレナートは、今日も満面の笑みだった。

その笑顔を見るだけで、ヴィクトリアの胸がきゅうっと締めつけられる。

かつてレナートのもとで、彼の部下として働いていた頃は、彼がこんなふうに笑う人だとは、知らなかった。

彼の特別な存在になれたようで、嬉しい。

小動物系女子になって本当によかったと、ヴィクトリアは思う。

もちろん、仕事に身を捧げていた自分も、嫌いではなかったが。

「ヴィクトリア、手を」

差し伸べられた手に、そっと自らの手を重ね、レナートを見上げる。

今日も最高に格好良くて素敵な、ヴィクトリアの婚約者である。

もちろんその肩には黒うさぎのキーラがちょこんと乗っていて、前脚を嬉しそうにパタパタさせている。

今日も最高に可愛くて素敵な、ヴィクトリアの元契約精霊である。

もう契約者ではないのに、キーラはこうしてヴィクトリアに会うたびに嬉しそうにしてくれる。

やはりキーラには、ヴィクトリアと同じように、共に過ごした前の生の記憶があるのだろう。

このやり直しの人生に、おそらく時の精霊であるキーラは関わっている。

彼に聞きたいことが山ほどあるのに、今生では契約をしていないため、キーラと意思疎通ができないことが、なんとももどかしい。

（……あら）

にこやかなレナートの横には、なにやらひどい隈ができ、疲れ果てた表情の侍従がいた。

レナートの乳兄弟でもあるミゲルだ。

かつてヴィクトリアが公爵邸で働いていた時にも、レナートの代わりに色々と便宜を図ってくれた。

どうやらレナートは今日のために、相当無理をして予定を調整したようだ。

ミゲルの顔色と隈がそれを物語っている。

よほどの無茶をさせられたのだろう。

（申し訳ないわ……！）

かつてそちら側にいたヴィクトリアは思わず彼に同情し、痛ましげに目を細めてしまった。

仕事に関しては、レナートはなかなかに容赦がないのだ。

「……ヴィクトリア。ミゲルではなく私を見てほしいんだが」

逞しい腕が伸びてきて、ヴィクトリアの腰をさらう。その腕の熱さに、心臓が跳ね上がった。

「閣下……！」

彼の顔を見上げてみれば、ほんの少し唇を尖らせている。

せっかく会いに来たのに、ヴィクトリアがミゲルの方ばかりを見ていたために、拗ねてしまったようだ。

(可愛い……！)

今日も我が婚約者が可愛すぎる。

それにしてもミゲルがこんなにやつれているのに、レナートはいつも通りキラッキラである。

相変わらず、尋常でない体力をしておられるようだ。

決算期などで皆が死にそうになっている中、レナートだけが淡々と仕事をこなしていたことを思い出し、ヴィクトリアは、小さく笑う。

「申し訳ございません。そちらの方の顔色が悪かったので、心配になって」

「……優しいな、ヴィクトリアは」

もう一度ミゲルの方を見やれば、彼はプルプルと首を横に振った。

どうやらこっちを見るなということらしい。

なんだかよくわからないが、ヴィクトリアは素直にミゲルの意を汲んで、彼から目を逸らすと、レナートを見上げた。

するとレナートは満足げに笑った。どうやら正解だったらしい。

「では行こうか」

レナートの腕に、ヴィクトリアは手をかける。

かつては書類仕事でペンを持ち続けたせいで、節くれ立って大きな胼胝ができていた手は、今は白くほっそりとしている。

かつて憧れていた、守られるべき貴族のご令嬢の手。

なんとも言えない、切なさのようなものが心に込み上げた。

結局何一つ報われないままに死んでしまった、可哀想なかつてのヴィクトリア。

キーラ以外、誰も知らない。もうひとりのヴィクトリア。

昔の自分が、ひどく哀れに思えて胸苦しくなる。

「どうした？」

ヴィクトリアの表情の翳(かげ)りに気づいたのだろう。レナートが心配そうに聞いてきた。

「いえ、なんでもありません」

こうして今、彼に女性として扱ってもらえるのも、伯爵令嬢のヴィクトリアだからだ。

『鉄の女』ではなく『小動物系』なヴィクトリアだからだ。

それは嬉しいことのはずなのに、心のどこかに、寂しさがあった。

頑張って生きていた自負があるからこそ、かつての自分を否定することは、切ない。

レナートのエスコートで、馬車のステップを登り座席に座る。

その横に、オリガが座った。

まだ結婚前のため、逢い引きには必ず使用人の付き添いが必要だ。

婚約者とはいえ、二人きりになることは許されていない。

やはり貴族階級は面倒なことも多い。

かつて彼の部下だった頃は、しょっちゅう二人で馬車移動をしていたが、特に非難を受けたことはない。

おそらく当時のヴィクトリアは、平民だったからこそ、それが許されていたのだ。

レナートが機嫌よく笑いながら、ヴィクトリアを見つめている。

そんな彼を、ミゲルが心底気持ち悪そうに見ている。

確かにレナートは、仕事に対する姿勢には厳しく、仕事中は無表情か、顔をしかめていることが多かった。

こんなにこやかなレナートを、ミゲルは知らないのだろう。

(上司としても、最高の方だったわよね……)

生まれや性別に関係なく、仕事に対する評価を平等につけてくれた。

頑張ったら頑張った分、ちゃんと報われる労働環境だった。

(懐かしいな……)

かつての自分を思い出し、ヴィクトリアは目を細めた。

今も昔も、レナートはヴィクトリアにとって、いつも完璧で、優しい人だ。

アヴェリン公爵家の紋章が掲げられた馬車が、ゆっくりと走りだす。

さすがは筆頭公爵家所有の馬車である。

座席はお尻が沈み込みそうなほどに柔らかく、そして内装も品良く重厚感があって居心地がいい。

その上、揺れも随分と軽減されている。

まるで小さな部屋が、そのまま動いているような快適さだ。

(これに慣れてしまうと、ほかの馬車に乗れなくなってしまいそうね……)

「素晴らしい馬車ですね。とても乗り心地がいいです」

ヴィクトリアがそう言えば、レナートは少し得意げに笑った。

「仕事柄馬車に乗ることが多いからな。移動時間の負担を極力減らしたいと思って作らせたんだ。できるなら移動時間中も仕事ができたらいいと思ってね」

「…………」

どうやら彼は、馬車で移動する時間まで、書類仕事をしているらしい。

相変わらず忙しくしているようだ。

さすがに前の生では、馬車の中では仕事をしていなかった気がするのだが。

今生において、彼の仕事中毒が、明らかに悪化している。

心配になったヴィクトリアは、レナートを見上げた。

すると彼はごまかすように、指先で頬をかいた。

「……レナート様は、もう少しお休みになった方がよろしいかと思います」

ミゲルも呆れたように肩をすくめて窘めた。

レナートは、全てにおいて優秀だ。

そして基本的に仕事とは、優秀な人間のもとに多く集まるものである。

レナートはいつも、あまりにも多くの『しなければならないこと』に追われていた。国の宰相補佐として、魔術師団の長として、アヴェリン公爵家の当主として、広大な領地を持つ領主として。

そんなレナートの負担を少しでも減らしたくて、彼の秘書として必死に仕事に打ち込んでいた頃のことを思い出す。

けれど今生では、レナートの手足となったヴィクトリアはいない。

かつてヴィクトリアが担っていた仕事は、おそらくそのほとんどがレナートのところへと戻っていってしまったのだろう。

のんきに伯爵令嬢として生きていることに、ヴィクトリアは罪悪感を持つ。

今の自分では、レナートの役に立てないことが、悔しい。

「ヴィクトリア嬢が奥様になられたら、もう少し仕事の量を調整しなければなりませんよ。閣下。仕事ばかりで家庭を顧みない男は、捨てられますからね」

その言葉にレナートはにっこりと笑った。その笑顔になぜか背筋が冷える。

「そうだな。ならばお前にもっと頑張ってもらわなければならないな」

ミゲルが墓穴を掘ったと震え上がり、その姿にオリガが小さく笑いを漏らした。

笑い事ではないと、ヴィクトリアも震えた。

今生においても、彼らの助けになれたのならいいのだが。

(結婚して公爵夫人になったら、少しずつ仕事を引き継がせてもらいましょう)

少なくとも、家政や領地経営関連なら、できることがあるはずだ。

馬車はやがて、王都の中心部にある公園へとたどり着いた。

その公園は貴族の社交で使用されており、基本的に貴族階級とその使用人しか入ることはできない。

よく手入れされた木々や花々が美しく見えるよう、計算されて植えられており、煉瓦を敷きつめて作られた遊歩道が走っている。

その中を、ヴィクトリアはレナートにエスコートされながら歩いていた。

彼の秘書官として、この公園を共に歩いたことはあるが、こうして女性としてエスコートをされるのは初めてだ。

もちろん二人きりではなく、その背後にはミゲルとオリガが続いている。

そこで咲き乱れる桃色の薔薇を見て、ヴィクトリアは彼に伝えるべきことを思い出し、足を止めた。

ヴィクトリアの歩みが止まったことにすぐ気づき、レナートも足を止めてくれる。

「どうしたんだ？　ヴィクトリア嬢」

「あの、閣下にお伝えしたいことがございまして」

真剣な面持ちのヴィクトリアに、レナートがなぜかわずかに怯えを見せる。

「……それはいいこと？　それとも悪いこと？」

「いいような、悪いような……？」

「聞きたくない、という要望は通るかな？」

突然深刻な顔をして、子供のような駄々をこねだしたレナートに、ヴィクトリアは目を丸くした。

「ええと……そんな恐ろしい話ではないので、聞いていただけると嬉しいです」

レナートが黙ってしまったので、ヴィクトリアは許可をもらったものとして、話し始める。

彼の不興を買わないよう、彼の自尊心を傷つけないよう、細心の注意を払って。

「あの、いつも色々と贈り物をいただいて、本当に嬉しいです。ありがとうございます」

まずはお礼から伝えた。何事も、感謝を忘れてはいけない。

慣れとは恐ろしいものだ。与えられることに慣れてしまえば、それをありがたく思う気持ちもまた慣れてしまって鈍化していく。

けれども与えている方は、感謝という報酬をもらえなくなり、与えることに意味を見いだせなくなっていくものなのだ。

このすれ違いで壊れる人間関係は、案外多い。

だからこそ、常に人への感謝を忘れないようにしたいとヴィクトリアは思っている。

「たいしたものではない。気にしないでくれ」

「いえ、閣下のお気持ちは心よりありがたく思っているのですが、少々頻度を減らしていただけないかと……」

それを聞いたレナートが、驚いたように目を見開く。

確かに贈り物を寄越さないでくれ、などという相手は少ないかもしれない。

「時間的にも金銭的にも、閣下の負担になりたくないんです。あなたの婚約者にしていただいただけで、私は十分に幸せですので」

必死に笑顔を作ってのヴィクトリアの言葉に、レナートはなぜか両手で顔を覆った。

（ええ……⁉　泣かせてしまった？）

慌てたヴィクトリアはレナートに近づき、その顔を覗き込む。

するとレナートは、逃がさないとばかりにヴィクトリアを強くかき抱いた。

突然のことに、ヴィクトリアの頭が真っ白になる。一体何があったのか。

「……足りないんだ」

「……な、何がですか？」

「私の持っているもの全てを、君に捧げても足りない」

すると彼の肩にいるキーラも、なぜかその言葉にしたり顔でうんうんと頷いている。

いや、その姿は最高に可愛いのだが。

さすがに全ては重いな、とヴィクトリアは若干冷静に思った。

けれども一体何がレナートを、こんなにも追いつめ、苛んでいるのか。

「でも、私ばかりがいただいているのも、心苦しいのです」

だがルシーノヴァ伯爵家よりも、アヴェリン公爵家の方が圧倒的に豊かであり、ヴィクトリアが買えるもの程度のもので、レナートが喜びそうなものが思いつかない。

「……だったらヴィクトリア嬢。一つ、お願いがあるんだが」

するとレナートが、恐る恐るそんなことを言ってきた。

声に妙な緊張感がある。そんなにも大変な願いなのだろうか。

だがもちろんヴィクトリアは、彼のためならなんだってする所存である。

「はい。閣下！　なんなりとおっしゃってくださいませ！」

するとレナートがなにやらもじもじとしている。一体どうしたというのか。

そんな姿も、成人男性のくせに最高に可愛いのだが。

「その……」

「はい。どうなさいまして……？」

レナートが、こんなふうに言いよどむのは本当に珍しい。

よほど言いづらいことなのかと、ヴィクトリアは怯え始め、聞き返す声が震えた。

しばらくしてようやく覚悟を決めたらしいレナートは、ヴィクトリアを真っ直ぐに見つめ、口を開いた。

「……ダニエルと同じように、君をヴィーと呼んでもいいだろうか」

大きな体を丸め、そんなことを言い出した彼に。

ヴィクトリアは思わずきょとんと目を見開いた。

本当に一体なんなのだろうか。成人男性のくせに、この可愛いさは。

「それとできるならば、私のことも名前で呼んでくれるとありがたいのだが……」

レナートの声が、自信なさげにどんどん小さくなっていく。

こんな彼を、初めて見た。いつも自信に満ち溢れている姿しか知らなかった。

もちろんそんなレナートの隣で、ミゲルが何か恐ろしいものを見てしまったような顔をしている。その気持ちは、よくわかる。

ちなみにヴィクトリアの隣では、やはりオリガが肩をすくめて、「子供ですか……」と呆れきった顔をしていた。その気持ちも、よくわかる。

確かに、まるで幼い子供同士のようなやり取りだ。

あの天下のアヴェリン公爵閣下が、婚約者を愛称で呼びたい、などと。

自分を名前で呼んでほしい、などと。

（レナート様……！）

ヴィクトリアが彼のそばで、彼のために働いていた長い年月。

心の中で、数えきれないくらいに、彼の名前を呼んだ。

けれども結局口に出せたのは、死の間際の一度だけ。

その名を呼ぶことに、それだけの勇気が必要だった。

呼んでもいいのだろうか。呼んだら、喜んでくれるのだろうか。

緊張のあまり、ヴィクトリアの心臓が、信じられないくらいの速さで脈打っている。

震える唇を、開いては閉じるを繰り返し、湿らせる。声を出すことは、こんなにも難しいことだっただろうか。

その場にいる三人が、皆、わくわくと期待を込めた目でヴィクトリアを見ている。

期待が重い。

緊張して、余計に声が出てこない。

「れ、れ、レナート様……」

そしてようやくこぼれたのは、風の音にかき消されそうなくらいの、ブルブル震えた小さくみっともない声だった。

それでもレナートの耳には、ちゃんと届いたのだろう。

彼は頬を赤らめた後、嬉しそうに蕩けるような満面の笑みを浮かべてみせた。

「ありがとう。ヴィー」

――彼の笑顔に。その声に。

ヴィクトリアの顔に、熱が集まった。おそらく耳まで赤くなっているだろう。

名前を呼び、呼ばれるだけでこの有様である。先は長い。

こんな様で、結婚して一緒に暮らして、あんなことやこんなことまでできるのだろうか。

前回の生を合わせれば、ヴィクトリアの中身は結構な大人であるはずなのだが、なんとも情けないことである。

「閣下。うちのお嬢様は、初心でいらっしゃいますので。お手柔らかにお願いいたします」

オリガが必死に笑いを堪えながら、援護してくれた。

前回と今回を合わせても、人生経験は多いが、恋愛関係だけは全くの未経験なので仕方がない。

二人で顔を赤くしながらもじもじしていると、突然わざとらしい声をかけられた。

「――あら？　お兄様？　こんなところで何をなさっているの？」

その声を聞いた途端。レナートの赤い顔があっという間に通常色に戻り、盛大に引きつった。

その劇的変化に驚きつつ、懐かしいその声の方へ、ヴィクトリアは顔を向ける。

そこには、波打つ美しい黒髪と、レナートによく似た赤い目をした絶世の美女、エカチュリーナが、腰に手をあてて、姿勢良く立っていた。

「……なぜお前がここにいる」

問うレナートの声が、地を這うように低い。

彼のこんなにも不機嫌そうな声を、ヴィクトリアは初めて聞いた。

おそらく逢い引きの邪魔をされたことに、怒っているのだろう。

けれどもエカチュリーナは、そんな兄の怒りをまるで意に介していない。

「お兄様が気持ち悪いくらいうきうきしてお出かけになられたから、これは例の婚約者に会いに行くに違いないと思って、後をつけてきましたの」

どうやら面白がって追いかけてきたらしい。相変わらず行動力の塊である。しかもそれを堂々と口にしてしまうあたり、さすがのエカチュリーナである。

レナートの顔が、さらに引きつった。

相変わらずの彼女に、ヴィクトリアは思わず笑ってしまいそうになり、慌てて顔を引き締める。

なんせ、未来の義理の妹であり、未来のこの国の王妃だ。不興を買うわけにはいかない。

「あの！　お初にお目にかかります。ヴィクトリア・ルシーノヴァと申します」

本当は初めてなんかではない。ずっと大好きだった、親友。

ヴィクトリアの胸が、シクリと痛む。

また彼女と仲良くなれたら、どれだけいいだろう。

「初めまして、ヴィクトリア嬢。わたくしはエカチュリーナよ。突然ごめんなさいね。お兄様ったら何度紹介しろって言っても、あなたと会わせてくれないものだから」

不機嫌そうなレナートを華麗に無視して、「つまりは全てお兄様が悪いのよ」と言ってエカチュリーナはヴィクトリアの顔を覗き込む。

「あらあらまあまあ！　可愛いわ……！　お兄様にはもったいないのではなくて？」

「うるさいぞ、愚妹」

「わたくしの好みよ！　よくやったわ！」

「だから私の婚約者だ。お前のじゃない」

相変わらずの二人の言葉の応酬に、とうとう堪えきれなくなったヴィクトリアは小さく噴き出すと、くすくすと声をあげて笑ってしまった。

するとエカチュリーナは呆気に取られた顔をしてヴィクトリアを見つめ、それからなぜか目を潤ませた。

突然のことに驚き、ヴィクトリアは慌てて彼女に駆け寄る。

するとエカチュリーナがヴィクトリアに飛びついて、強く抱きしめた。

その懐かしい温もりに、ヴィクトリアは思わず目を細める。

「ごめんなさい。……どうしてかしら。あなたの笑顔を見ていたら、涙が出てきてしまって」

「………」

『――あなたの笑顔が見てみたいわ』

かつて、エカチュリーナはそう言って、ヴィクトリアの頬によく触れていた。

そのことを思い出し、思わずヴィクトリアの目にも涙が浮かぶ。

共に過ごした記憶が残っているわけではないのだろう。

だが魂のどこかに、かつての彼女の一部が残っていたのかもしれない。

「おい、エカチュリーナ……私の婚約者に、何を勝手に抱きついてるんだ……？」

「あら？　未来の義姉妹が仲良くして何が悪いの？　余裕のない男は嫌われましてよ？」

拗ねた顔をしているレナートに、ヴィクトリアはまた小さく笑う。

「これ以上逢い引きの邪魔をしないでもらおう。とっとと家に帰れ」

「んもう。ケチな男は嫌だわあ。ねえヴィー？」

「しかも何を勝手に私の婚約者を愛称で呼んでるんだ……？　私だってついさっき許してもらったばかりなんだぞ……！」

「まあ、なんて意気地のないこと……」

「お前が図々しいだけだ……！」

相変わらずの仲良し兄妹だと、ヴィクトリアはエカチュリーナの腕の中で、またくすくすと笑ってしまった。

そんなヴィクトリアを、アヴェリン公爵家の兄妹が優しく見つめる。

「わたくし、あなたと仲良くなりたいわ」

そしてエカチュリーナはヴィクトリアの手を握り、真っ直ぐに見つめてそう言ってくれた。

自意識の高い彼女の中に、嫌われるかもしれない、という仮定は存在しない。

だからこうして率直に声をかけてくれるのだ。かつてと同じように。

「ありがとうございます。私もエカチュリーナ様と仲良くなりたいです」

だからヴィクトリアも、素直な気持ちを口にした。

「ああん！　可愛いわ……！」

するとエカチュリーナはさらにぎゅうぎゅうと、ヴィクトリアを抱きしめてくれた。

「……いい加減にしろ。私のヴィーを返せ」

さすがに苛立ち始めたレナートに呆れた顔をして、エカチュリーナはヴィクトリアを解放する。

「ぜひ近いうちに、我が家にお茶をしに来てちょうだいね」

「はい。ぜひお伺いいたします」

そしてレナートとは比べ物にならないほどスマートに、ヴィクトリアと次回の約束を取りつけると、エカチュリーナは嵐のように去っていった。

「ひゃっ！」

彼女の姿が見えなくなると、レナートはすぐにヴィクトリアの腰を抱き、引き寄せた。

そして、驚いて思わず声をあげてしまったヴィクトリアの頭頂部に、小さな口づけを落とす。

「我が愚妹がすまないな……」

「いえ。エカチュリーナ様とお会いできて、嬉しかったです」

そして二人で顔を見合わせて、また微笑み合う。

「ヴィー。池のそばまで一緒に歩かないか？ 白鳥がいるんだ」

彼の口から呼ばれる愛称が、まだこそばゆく感じる。

「はい。レナート様」

今度は先ほどよりは大きな声で、震えることなく明瞭に呼ぶことができた。

照れたようにレナートを見上げれば、不意打ちだったらしい彼の頬が真っ赤になっていて。

(——ああ、レナート様は、本当に私を想ってくださっているんだわ)

そのことを、ヴィクトリアはようやく受け入れることができた。

彼が一体いつから自分を想ってくれていたのかは、わからないが。

ふわふわとした幸せな気持ちが溢れ出て、涙が出そうになる。

二人で寄り添って、風景を楽しみながら、遊歩道を歩く。

やがてたどり着いた池には、美しい真っ白な二羽の白鳥がいた。

番なのだろう。寄り添って水面に浮かんでいる。

「ねえ、ヴィー。知っているかい？　白鳥は絆が深く、一度番となると、生涯相手を変えないのだそうだ」

レナートはそう説明してくれる。だから白鳥は、愛の象徴とされているのだと。

「素敵ですね……」

白鳥の番のように、ずっとレナートのそばにいられたらいい。

できるならば、次に死ぬ時まで。

ヴィクトリアはそんなことを思う。

二人で優雅に泳ぐ白鳥を眺め、穏やかな時間を過ごす。

時に会話が途切れても、不思議と居心地の悪さを感じない。

かつてあの狭いレナートの書斎で、互いに別々の仕事をしながら共に過ごしていた時も、こんな感じだったと思い出す。

互いの気配を感じているだけで、どこか満たされた気持ちになる。

「……ずっと一緒にいよう。ヴィー」

レナートがぽつりとそう言って、ヴィクトリアの手を握りしめる。

その時、一際強い風が吹いて、ヴィクトリアの銀の髪を巻き上げた。

「きゃっ！」

だから、ヴィクトリアは気づかなかった。

──彼の唇が、『今度こそは』と動いたことを。

第七章　結婚しました。

　――世界は不思議で溢れている。

　真っ白なウェディングドレスを纏った自分の姿を姿見に映しながら、ヴィクトリアは懲りずにまたそんなことを思っていた。

　王都の大聖堂で、ヴィクトリアはこれからレナートと結婚するらしい。

（びっくりするくらいに、現実味がまるでない……！）

　今生において、ヴィクトリアは本当に何もしていないのである。

　気がついたら家族は反逆に巻き込まれることなく、今も幸せに暮らしていて。

　気がついたらレナートの婚約者になって甘く幸せな婚約期間を過ごしていて。

　そして十八になった今日。なんとヴィクトリアはレナートの妻となるらしい。

　何もかもが己の望み通りにうまく進みすぎていて、自分でもよくわからない。

（いくらなんでも、おかしいわ……）

　人生とは、こんなにも思い通りに順調に進むものだっただろうか。

　かつて悲惨な人生を送ったことを憐れんだ、神による奉仕（サービス）だとしても、度を越えてている気がする。

あまりにも今生が楽すぎて、なにやら申し訳なくなってくる始末である。

前回の人生と今回の人生。一体どこが分岐点だったのか。

毎日が幸せすぎて、これからそれら全てを吹き飛ばすような、とんでもない不幸が待ち受けているのではないか、などと考えてしまう程度には、ヴィクトリアは不幸慣れしていた。

幸せだと妙に居心地が悪く、不安になってしまうのだ。我ながら損な性格である。

(この幸せを、ちゃんと守っていかないと……)

ヴィクトリアは己の花嫁姿を見つめながら、決意を新たにする。

「本当に美しいわ！　ヴィーはこの国一番の花嫁に違いないわね！」

付き添いの母が、また度を越えてヴィクトリアを褒めたたえる。

相変わらずの親の欲目である。

確かに婚約期間の二年の歳月をかけて作られた花嫁衣装は、アヴェリン公爵家の財力を見せつけるかのように、この上なく豪奢なものだ。

なんでもレナートが、妹のエカチュリーナの花嫁衣装と共に注文したものらしい。

つまり、来年行われる予定の王太子の婚礼に、王太子妃が身につける予定のものと、同等の品ということで。

（いくらなんでも身に余るわ……！）

それを聞いた時、恐れ多くてヴィクトリアはガタガタと震えた。

『君には、最高のものを着てほしいからね』

などとレナートに言われてしまえば、遠慮することもできず。

結局ドレスはこうしてでき上がり、ヴィクトリアの身を飾っている。

正直なところ自分が着こなせるとは到底思えないのだが、皆が美しいと誉めてくれるので、ヴィクトリアはこのままドレスの力に縋ることにした。

年若い花嫁にふさわしく、大量のレースを使用しつつも、滲み出てしまうヴィクトリアの大人びた雰囲気に合わせ、甘くなりすぎないよう真っ直ぐに後ろへ裾が伸びた形のドレスは、素晴らしいとしか言いようがない。

服飾にそこまで詳しくないヴィクトリアでも知っている、超有名デザイナーが、アヴェリン公爵家の財力をもって、金に糸目をつけずに作り上げた極上の一品である。

使われている生地全体に、銀の糸でびっしりと手の込んだ緻密な刺繍がされている。

さらに襟と袖には金剛石がちりばめられており、光を受けてキラキラと輝いている。

一体どれだけの量の布と糸と石を使ったのか。考えるだけでもやはり震えが止まらしかもドレスはずしりと重く、運動不足なこの身では、歩くだけでも息切れをおこしそうだ。

花嫁がゆっくりしずしずと歩くのは、ただ単純に衣装が重いから、というどうしようもない事実に、ヴィクトリアは気づいてしまった。

さらに耳と首にも、涙型にカットされた大きな金剛石が、これでもかと吊り下がっている。

なんでも国宝級の一品らしい。ずっしりと重みを感じる。誰か切実に助けてほしい。

正直耳がもげそうだが、ひたすら我慢である。この数時間を耐えられればいいのだ。

(命に代えても、衣装には染み一つつけないようにしなきゃ……!)

ドレス自体が芸術作品のような品だ。

くれぐれも葡萄酒をこぼしたり、料理を撥ねさせたり、道にすっ転んではいけないのだ。どう考えても責任が取れない。

おそらくこの身に纏ったもの一式で、王都中心部に立派な屋敷が一つ余裕で建つだろう。

ヴィクトリアがブルブルと震えていると、花嫁控室の扉がノックされた。

「——どうぞ」

家族はすでに皆この控室にいる。そして花婿は式が始まる前に、花嫁の姿を見てはいけないことになっているので、レナートではない。——つまりは。

「ヴィー！」

今日も元気なエカチュリーナの声が聞こえ、ヴィクトリアは微笑む。

エカチュリーナとは、レナートとの初めての逢い引きの日に出会って以後、かつてのように仲良くしてもらっている。

毎週のように会ってお茶をしたり、お出かけをしたりしている。

下手をすると、婚約者であるレナートよりも、会う頻度が多いかもしれない。

そして、今生においても、互いを親友と呼ぶ仲になることができた。

「まあまあ！　なんて美しいの！　やっぱりお兄様にはもったいないわ！」

エカチュリーナまでもが度を越えて、ヴィクトリアを褒めたたえる。

完全に親友の欲目である。だが彼女のその気持ちが嬉しい。

「ありがとうございます。嬉しいです」

「今日からヴィーはわたくしのお義姉様になるのよね！」

「なんだか不思議な気分ですね」

「お義姉様って呼んでもいい？」

「今まで通りでお願いします！」

「なんならわたくしのことをエカチェって呼んでもよくてよ！」

「恐れ多くて無理ですね……！」

それから二人で顔を見合わせて、声をあげて笑い合う。

ヴィクトリアが義姉になっても、彼女が王妃様になっても、仲良しのままでいたいと、強く思う。

「そういえばさっきお兄様のところにも顔を出してきたのだけど。うろうろと控室を歩き回っていてみっともないったら。腹を空かせた肉食獣みたいだったわ」

「レナート様でも緊張なさるんですね……」

「多分そういうんじゃないと思うわ……。ヴィーったら相変わらずねえ」

エカチュリーナが呆れたように、肩をすくめた。

そうして控室で家族やエカチュリーナと過ごしていたら、あっという間に挙式の刻限となった。

ヴィクトリアの前で神々が描かれた重厚な扉が、ゆっくりと開かれる。

祭壇の前で、待っているのはレナートだ。

薄く折られたヴェールの中から覗く、婚礼衣装の彼は、やはり最高に格好いい。

緊張のあまり心臓の音が、ドクドクと耳の奥で鳴り響いている。

聖歌が流れる中、やはり緊張でブルブル震えている父の腕に手をかけ、共に大聖堂の祭壇に向かって、ゆっくりと歩いていく。

父の腕から、夫となるレナートの腕へとヴィクトリアの手が委ねられる。

神の前で愛を誓い合い、互いに向き合う。

レナートの手によって、ヴェールがゆっくりと上げられる。

ヴィクトリアとの間になんの隔たりもなくなると、レナートは、この上なく幸せそうに笑った。

その笑顔に、ヴィクトリアの心臓が、締めつけられる。

(――ああ、私はずっと、この人のことを幸せにしたかったんだわ)

どうやらその願いは、ちゃんと成就したらしい。

温かな何かが全身に満ちて、涙が出そうになるのを、ヴィクトリアは必死に堪える。

レナートの顔が近づいて、ヴィクトリアはそっと目を瞑(つむ)る。

やがて温かなものがふわりと唇に触れて。

自分は今間違いなく世界で一番幸せだと、ヴィクトリアは思った。

◆◆◆◆

瞼の裏に光を感じ、レナートは目を覚ました。

温かくすべらかな何かが、自分の右半身に絡みついている。

視線だけをその方向に動かせば、そこには昨日愛を誓い合ったばかりの妻がいた。

絡みつく白く細い腕をそっと外し、身を起こす。

どうやら彼女が起きる気配はない。

まだ深い眠りの中にあるようだ。昨夜は無理をさせてしまったから仕方がない。

濃く影を落とす銀色の睫毛に縁取られた白い瞼の下には、レナートが愛してやまない薄青色の美しい瞳がある。

今すぐにその瞳を見たいけれど、このまま心ゆくまで休ませてあげたい。

(——やっと、手に入れた)

レナートが身を起こしたため、寝具がめくれて寒かったのだろう。

ヴィクトリアがぶるりと震えると、暖を求めてレナートに身を寄せ、ぴとりとくっついてきた。

「…………」

その柔らかな肌、甘やかな匂いにレナートは深い息を吐き、襲いかかってきた様々な衝動を必死に逃す。

「温かいな……」

かつて、この腕の中で冷たくなっていったヴィクトリアを覚えている。

大量の血と共にこぼれ落ちていく彼女の命を、何もできずに呆然と見ていた。

（あんな喪失は、もう二度とごめんだ）

「……愛しているよ、ヴィー」

そして、かつての彼女との出会いを思い出す。

最初はただの義務だった。

震える筆跡で書かれた、友人ダニエルからの手紙。

【――どうか、妹だけは助けてやってくれないか】

彼はよくレナートに妹の話をしていた。

見ていると飽きない、表情豊かな可愛いヴィクトリア。

国軍がルシーノヴァ伯爵領に迫っていることを知ったダニエルは、ヴィクトリアを領地から出荷される果物の箱に紛れ込ませて、領外に逃したのだという。

反逆者の血を引く以上、もう貴族としては生きていけないことはわかっている。

けれども、どうか妹の命だけは救ってほしいと。

ダニエルからの最期の手紙は、ただただ妹の助命嘆願で埋め尽くされていた。

ルシーノヴァ伯爵家がただ巻き込まれ、利用されただけであることを、レナートは察していた。

けれども伯爵領から供給された鉄鉱石と火薬で魔銃が作られ、結果多くの人々の命が奪われたこともまた事実。

ルシーノヴァ伯爵家の後継であるダニエルを救うことは、戦功者であるレナートであってもできなかった。

彼は処刑になって首を晒されるくらいならばと、投獄されてすぐに隠し持っていた毒を呷り、自ら命を絶ったという。

仲の良かった友人を失い、レナートは喪失感に苛まれた。

そしてせめて彼の最期の願いは、叶えようと思った。

明らかに反乱に関わっていないであろう、幼い子供くらい、助けてやりたい。

レナートはダニエルの手紙に書いてあった場所へと、彼の妹を引き取りに行った。

ルシーノヴァ伯爵領で収穫された農作物の、出荷前の一時保管用の薄暗い倉庫。

その林檎の箱の一つに、ヴィクトリアは隠されていた。

釘を打ちつけられた箱をこじ開ければ、小さな女の子が、その薄青色の猫目を極限まで見開いて、レナートを見た。

――まるで、救世主を見るような目で。

吸い込まれそうなその目に、レナートは見惚れてしまった。

自覚はしていなかったが、あの時すでにレナートは、ヴィクトリアに落とされていたのだろう。

なんとしてもこの子を死なせたくないと、そう思った。

当時のレナートは、この世界に倦んでいた。

反乱軍を壊滅に追いやった『精霊弾』。それは膨大な量の魔力をためおけるように開発された魔石と、ほぼ無尽蔵であるレナートの強大な魔力を使用して作られたものだ。

それが反乱軍の本拠地で使用され、一発でその一帯が焦土と化した。

レナート自身、まさかあれほどの威力とは思わなかった。

レナートは己の魔力量を、過小評価していた。

これまで全力で魔力を放出すること自体、したことがなかったからだ。

だから己の魔力がこれほどまでに人間離れしていたことに、気づかなかった。

自らその地に足を運んだレナートは、目の前に広がる焼け焦げた大地に愕然とし、己の罪深さに戦慄した。

反乱軍の本拠地とはいえ、ここには間違いなく人々の暮らしがあったはずだ。

それを、レナートの強大な魔力が一瞬で灰燼にしてしまった。

皆がレナートを、英雄だと褒めたたえる。

悪逆なる反逆者から、この国を守った英雄だと。

けれども彼らの目の奥底には、必ずレナートへの恐怖が隠されていた。

なるほど、彼らにとって自分は化物なのだとレナートは自覚した。

もう二度と、人間の分類には戻してはもらえないのだろうと。

それまで軽口を叩き合っていた妹ですら、やはりどこかレナートの力に怯えていた。

持ち前の自尊心の高さから、『私は怖くないわ』などと言い張っていたが。

反乱鎮圧後、レナートは極力人前で魔法を使わなくなった。

それは自分は人間であるという、レナートのささやかな抵抗だったのかもしれない。

そんな鬱屈した日々に、林檎の木箱から出てきたヴィクトリアは、まるで救世主を見るような目で、レナートを見た。

そこに、レナートに対する恐怖の色はなかった。

そんな目で見られるのは、実に久しぶりだった。

ヴィクトリアはいつもレナートに救われたと言っていたが、救われたのはむしろ自分だったように思う。

レナートは木箱の中に手を伸ばすと、汗と涙と汚物にまみれたまま気を失ったヴィクトリアを、ためらいなく抱き上げ、公爵邸に連れ帰った。

そして反乱を鎮圧したことに対する恩賞として、レナートは国王に対しヴィクトリアの助命を嘆願したのだ。

友人であるダニエルからの、命を賭した願いであること。ヴィクトリアがまだ子供と言ってよい年齢であること。そして、おそらくルシーノヴァ伯爵家自体が巻き込まれただけである可能性が高いことなどを理由にして。

反乱軍に対し並々ならぬ憎しみを持っていた国王は、当初難色を示したが、英雄であるレナートたっての願いを一蹴することもできず、渋々ながらも受け入れた。

やがて意識を取り戻したヴィクトリアは、レナートから自分の家族の最期を聞き、絶望し、一生分の涙を流し、それから全ての表情を失ってしまった。

ダニエルが言っていた、くるくると表情が変わるという可愛らしいヴィクトリアを、レナートはついぞ見ることはできなかった。

ヴィクトリアの顔は、それからずっと、凍りついたまま。

レナートを見つめる目にも、なんの感情も見いだせなくなってしまった。

喜びも恐怖もない無感情の目は、レナートにとっては居心地がよかった。

だがそれでもレナートは、彼女の笑顔が見たいと思った。

妹のエカチュリーナに協力してもらいつつ、ヴィクトリアの生きる気力を蘇らせようとした。

毎日毎日彼女の元へ通い、必死に話しかけ、その口に食事を運んだ。

すると少しずつ、ヴィクトリアへの理解が深まっていった。

たとえ表情はなくとも、その視線が、行動が、言葉が、彼女の優しい性質をレナートに伝えてくる。

エカチュリーナもすっかりヴィクトリアを気に入ってしまい、彼女のために兄妹で協力体制をとっていたら、気づけば兄妹のわだかまりもなくなっていた。

ヴィクトリアと共に過ごす日々は、レナートにとって、かけがえのないものだった。

だからこそ妹として、ヴィクトリアをアヴェリン公爵家に受け入れようとしたのだが、それは頑なに拒否された。

本当に謙虚な娘である。隙あらばレナートの財産を狙ってくる実妹とは大違いだ。

平民になることを選んだ彼女は、その後アヴェリン公爵家の事務官としてレナートに仕えてくれた。

そして人一倍努力して仕事を覚え、こなしていった。

献身的な彼女に、一体レナートがどれだけ助けられたことか。

愚かな者たちに『鉄の女』などと貶められていたが、とんでもない。

ヴィクトリアほど情の深い女性は、なかなかいないだろう。

ただ表情がないだけで、言葉が淡々としているだけで、ヴィクトリアの感情を否定するなど、己の浅慮さを露呈しているようなものだ。

ちゃんと彼女の行動を、言動を、よく見ていれば簡単にわかることだというのに。

そもそも、女性に対し業務上で笑顔を求めること自体、おかしな話だろう。

気がつけば秘書官となったヴィクトリアのおかげで、レナートの仕事は随分と楽になっていた。

彼女があらゆる業務に優先順位をつけ、レナートでなくとも可能な仕事をできるだけ引き受けてくれ、さらには予定管理も完璧にこなしてくれたからだ。

いつか彼女の献身に報いたいと、そう思っていた。そんな矢先。

レナートの代わりにその身に魔弾を受けて、ヴィクトリアは死んでしまった。

レナートの腕の中で、レナートの名を呼んで、幸せそうに笑って死んでしまったのだ。

彼女の笑顔を、その死の間際にして、レナートは初めて見た。

——意味が、わからなかった。なぜヴィクトリアが死ななければならなかったのか。

命を失い、重く腕にのしかかるヴィクトリアの冷たい体を抱きしめて、レナートは泣き叫んだ。

なぜ彼女ばかりが、こんなにも奪われなければならないのか。

家族を、感情を、表情を、そして最後には自分の命までを。

久しぶりに魔力を使い、ヴィクトリアの命を奪った狙撃手を血祭りに上げ、レナートはヴィクトリアを抱えて公爵邸に戻った。

ヴィクトリアの亡骸(なきがら)を抱きしめたまま、何日も部屋から出てこなくなってしまった兄に、王太子妃となっていたエカチュリーナは激怒した。

「わたくしにもヴィクトリアの死を悼む権利があってよ！　独り占めしないでちょうだい！」

彼女は王宮を飛び出しアヴェリン公爵邸に襲来し、レナートの部屋の扉を魔法で吹き飛ばして、そう泣き叫んだのだ。

そして、これ以上遺体が傷む前に、綺麗な状態で土の下に眠らせてあげるべきだと、ヴィクトリアの冷たい頬を撫でて、涙をこぼした。

「……そうだな。嘆く前に、私たちにはすべきことがある」

神官を呼び、祈りを捧げさせ、公爵家の墓地に、ヴィクトリアを埋葬した。

そのことに親族から反発もあったが、力尽くで黙らせた。

レナートとエカチュリーナにとって、ヴィクトリアはすでに家族に等しい存在だったからだ。

それからレナート襲撃の背後にいた反乱軍の残党を、レナートとエカチュリーナはその魔力と権力をもって、ひとり残らず完膚なきまでに叩きつぶした。

レナートを狙った動機は、やはり怨恨と、そしてレナートという存在自体への恐怖だった。

――ただ殺すなど、もったいない。

殺してほしいと哀願されるまで、思いつく限りの方法で主犯たちを散々嬲り、その上で殺してやった。

おかげで血染めの公爵などと恐れられたが、どうでもよかった。

そして全てを綺麗に片づけたレナートに残されたのは、虚無だった。

「ヴィクトリア嬢の部屋をどうしましょうか?」

そう執事に恐る恐る聞かれたのは、ヴィクトリアの死から一ヶ月ほど経った頃のこと。

失ってしまったヴィクトリアの気配を少しでも感じたくて、レナートは自ら彼女の部屋へと向かった。

公爵家の女性使用人用の寮の中の、小さな部屋。

公爵邸に住めばいいと何度も言ったのに、頑なに拒み動かなかったヴィクトリアの、小さなお城。

その部屋は、可愛いもので溢れていた。

レースのついたカーテン。桃色のリネン。たくさんの愛らしいぬいぐるみたち。

窓辺には、生前飾られたのだろう、枯れてしまった花。

『ヴィーはさ、可愛いものが好きなんだ。今でもぬいぐるみを抱きしめて眠っているんだよ。そんなところがまた、可愛くてたまらないんだ』

ダニエルの声が蘇って、レナートの頬にわずかに笑みが浮かんだ。

「……ああ、そうだったな」

冷たく淡々とした雰囲気のヴィクトリアからは、想像もつかないほどに、その部屋は温かく、可愛らしく、愛おしかった。

『レナート様』

最後に、名を呼ばれた声が蘇った。

十年という長い年月。共に過ごしてきたというのに。

名を呼んでもらったのは、それが最初で最後だった。

その血混じりの甘やかな声が、レナートの耳の中で鳴り響く。

「あ、ああ、あああ」

ひどく情けない声が漏れた。ああ、なんということだろう。

もう取り返しのつかない今になって、気づいてしまった。

ずっと、いつだって彼女のことが、あんなにも特別だったのに。

「愛していた……愛していたんだ……ヴィー……！」

時間が戻ったなら、この気持ちを伝えられたなら。

もう二度と離さない。何もかもから守ってみせるのに。
どうしようもない後悔と焦燥が、レナートの胸を焼く。
ヴィクトリアの部屋でうずくまり、いまさら気づいた恋心に悶え苦しむ。
死んでしまいたい、彼女の元へ行ってしまいたい。
『閣下に、ご恩をお返ししたいのです』
ヴィクトリアはいつもそう言っていた。
だからって何も、命まで賭けることはなかったのに。
それほどまでに深く、自分を想ってくれていたのだとしても。
ヴィクトリアが死ぬくらいなら、自分のような化物が死んだ方が、よほどよかった。
（もし、時間を巻き戻すことができたのなら……）
傷つきすぎた心を慰めるように、レナートはあり得ないことを夢想する。
そう、まずはヴィクトリアの家族を助けるのだ。
そして、幸せに生きる彼女を遠くから見守ろう。
やがて美しく成長した彼女に会いに行って、跪いて求婚するのだ。
何一つ失わなかった彼女は、きっと笑ってくれるだろう。
「愛してる、愛してる、愛しているんだ……」

もう伝えることができない言葉を、譫言のように口にする。

そして涙で滲む視界の中、ふとレナートは、ぬいぐるみの中に妙にリアルな黒うさぎがいることに気づく。

その小さなうさぎと目が合う。うさぎはひどく怒っているようだ。

後ろ足をバンバンと、床に叩きつけている。どうやらぬいぐるみではないらしい。

（ああ、ヴィクトリアの契約精霊か……）

なんの精霊かは知らないが、いつもヴィクトリアのそばにいた、手のひらに乗るほどの小さな子うさぎ。

彼女にレナートの危機を、伝えてくれていたという精霊。

どうやらこの黒うさぎは、ヴィクトリアを死なせたレナートに対し、怒っているようだ。

それはそうだろうと、レナートは自嘲する。

精霊は契約者に対し、情が深い。

この精霊も、ヴィクトリアのことを大切に思っていたに違いない。

（……だったら私を見殺しにして、ヴィクトリアを守ればよかったものを）

だがおそらく、レナートの危機を知らせることを最優先に、というヴィクトリアの命令に逆らえなかったのだろう。

精霊は、契約者の命令には逆らえないものだから。

精霊と人間との契約は、それほどまでに重いものなのだ。

——ああ、どうせならばいっそ、今ここで自分を殺してくれないだろうか。

レナートが手を差し出せば、ぴょんぴょんと跳ねて、精霊が近づいてくる。

そしてレナートの手のひらに、そのふかふかな頭を乗せた。

『——我と契約を結べ』

レナートの頭の中に、怒りを含んだ声が聞こえる。

『貴様のせいでヴィクトリアは死んだのだ。選択の余地はなかろう』

思わずレナートは小さく呻き、唇を噛みしめる。

レナートの心を突き刺すような、容赦ない黒うさぎの言葉。

黒うさぎの言っていることは、事実だ。

——レナートのせいで、ヴィクトリアは死んだ。

『そして貴様の無駄に多いその魔力を、全て我に使わせろ。さすれば貴様をヴィクトリアの生きている時間に戻してやる』

可愛らしい外見に相反して、尊大な声。

ヴィクトリアの前では可愛らしくしていたくせに、実はなかなかにいい性格をしているようだ。

「お前、うさぎのくせに、猫をかぶっていたんだな」

『黙れ。我はヴィクトリアのため、完璧にうさぎに擬態すべく研究を重ねたのだ！　どうだ！　可愛かろうが！』

偉そうに不貞腐れた黒うさぎに、レナートは小さく笑う。

わずかながら生まれたこの希望のためなら、何を失ってもいい。

「……シエル」

レナートの呼び声に、大きな白い狼が現れる。

「すまない。一時的に君との契約を破棄させてくれないか？」

これまでずっと自分を支えてくれていたシエルに、契約破棄を告げるのはつらい。

だが、この黒うさぎの精霊が全ての魔力を寄越せというのだから、シエルにその魔力を分け与えることは難しいだろう。

するとシエルは、意外にもあっさりと契約破棄を受け入れた。

どうやら最上位の風の精霊であるシエルよりも、この黒うさぎの方が、高位の精霊であるらしい。

精霊は人間以上に序列にうるさい存在だ。よってシエルはすぐに身を引いた。

そのことにレナートは驚く。なぜそんなとんでもない高位精霊が、魔力がそれほど多くないヴィクトリアと契約をしていたのだろう。

「……全てが終わったら、また戻ってきてくれ」

大切な相棒だからと。そう言えばシエルは一つ頭を下げ、その場から消えた。

契約が消えたことを確認して、レナートは黒うさぎと新たに契約を結ぶ。

己の全魔力を、委ねる契約を。

『——我が名はキーラ。時を統べるもの』

魂に何かが絡みつくような感覚に襲われ、そしてレナートはこの黒うさぎの名と正体を知る。

(……なるほど、時の精霊か)

道理でレナートが何かしらの危機に陥るたびに、都合よくヴィクトリアが助けに来てくれたわけだ。

その仕組みを、ようやく理解する。

やはりこの黒うさぎが、レナートの未来をヴィクトリアに見せていたのだ。

『我は、時に干渉したいと、強く願う者に引き寄せられる』

だからこそ家族を失ったヴィクトリアの前に、この精霊は現れ、契約を結んだのだろう。

残念ながらヴィクトリアの魔力は少なく、時を大きく動かすことはできなかったようだが。

そして今、レナートの前に姿を現したことも、同じ理由だろう。

――時を戻したいと、強く願う者。それはレナートにほかならない。

『ヴィクトリアほど、綺麗な魂は珍しい』

たとえ魔力は少なくとも、澄んだ魂を持つヴィクトリアのそばは、ひどく居心地がよかったのだと黒うさぎは言った。

ヴィクトリアのそばにいられるのなら、彼女に撫でてもらえるのなら、なんだってできると思えるほどに。

――けれどもそんな彼女が望んだのは、ただただレナートのことばかり。

『ヴィクトリアがどれほど貴様を想っていたか、わかるか』

黒うさぎのつぶらな瞳が、涙で潤む。

もっと彼女が利己的であれば、どれほどよかっただろう。

死にゆく契約者を助けることができない無力な自分を、どれだけ悔やんだか。

その苦しみを知れと、黒うさぎはレナートに迫る。

『ヴィクトリアは死の間際ですら、貴様の命を救えたことをただ喜んでいた。愚かなまでに貴様の幸せばかりを祈っていた』

そんなヴィクトリアの一途な想いに、全然気づけていなかった己の愚かさを、レナートは悔やむ。

『我は、ヴィクトリアを助けたい。そして、彼女の元へ戻りたいのだ』

だから、貴様を利用させろと。そう黒うさぎは言う。

望むところだとレナートは思った。

「いいだろう。『キーラ』。お前に私の魔力を全てくれてやる。――だから」

(――なんとしても、私にヴィクトリアを救わせてくれ)

そう言った瞬間。全身から、目の前の黒うさぎに魔力を吸い上げられた。

猛烈な虚脱感がレナートを襲う。それから目がくらむような頭痛。

やがて自分の体が光の粒子になって、バラバラになるような不愉快な感覚。

――そして、暗転。

「う……」

再び意識が浮上し、レナートが恐る恐る重い瞼を持ち上げれば。

映ったのは青を基調とした、見慣れた自室の天蓋だった。

ズキズキと痛む頭を抱え、身を起こす。

（……一体どうなったんだ）

寝台を飛び降りて、壁に立てかけられた大きな姿見に映る己の姿を見て、思わず息をのむ。

そこにいたのは、いまだどこか幼さを残す、かつての自分の姿。

おそらくは、公爵位を継いだばかりの頃と思われた。

レナートの父は息子が十八歳になり成人するやいなや、とっとと爵位を引き渡し領地に引っ込んでしまったのだ。

これ以上領主の仕事で夫婦の時間を奪われたくない、などという理由で。

『息子が優秀で本当によかったー！』などと言って、仲良く去っていったどうしようもない両親を思い出す。

今では空気のいいところにある別荘で、夫婦仲良く余生を過ごしている。

おそらく母の体があまり強くないことを、父はずっと懸念していたのだろう。

余生に入るには早すぎやしないか、と息子は思うが、アヴェリン公爵家の人間は皆、やたらと恋人や配偶者への執着心が強い傾向があるらしい。

父の母への溺愛ぶりを、レナートは常日頃から冷めた目で見つめ、自分だけは違うと固く信じていたのだが。

どうやらしっかりと、アヴェリン家の男だったようだ。

（……ヴィクトリアを、助けなければ）

まずは正しい時間を知りたいと、レナートは寝衣のまま部屋を出た。

すると、ちょうどそこにエカチュリーナが通りかかった。

もちろん妹もしっかり縮んでいた。

きっと、ヴィクトリアも縮んでいることだろう。

こっそりルシーノヴァ伯爵家に顔を出して、覗き見に行ってしまいたい。

そして彼女が生きていることを、確認したい。幼い彼女を見てみたい。

「まあ。なんて格好で出歩いていますの、お兄様。頭をどうかなさったの？」

レナートを見た瞬間、エカチュリーナが呆れたように片眉を上げげた。

今日も絶賛辛辣な妹である。レナートはわずかに顔を引きつらせた。

確かに普段なら、寝衣のまま部屋を出ることなどないが。

公爵となってから、皆が必要以上にレナートに対し媚びへつらうようになった中、妹だけは変わらずこうして遠慮なく扱き下ろしてくれる。

さすがは未来の王太子妃である。兄は懐かしさに少し泣きそうになった。

「エカチュリーナ。今年は建国歴何年だ？」

「あら？　あまりにも耄碌が過ぎるのではなくて？　お兄様」

「いいから言え！　何年だ？」

普段淡々としていてあまり感情を露わにしない兄の、非常に珍しい感情的な姿に、何事かとエカチュリーナは首をかしげる。

「今は建国歴三百二十一年よ。本当にお兄様、一体頭をどうかなさったの？」

（ヴィクトリアが死んだのは建国歴三百三十二年だ。つまり今は十年とちょっと前……！）

それは反逆が起こる前。まだ間に合う。レナートはぐっと拳を握りしめた。

今すぐにルシーノヴァ伯爵家に、サローヴァ侯爵家への鉄鉱石の供給をやめさせるのだ。

そして、できるだけ前の段階で、反逆の芽を摘んでやればいい。

そうすれば、ヴィクトリアは家族を、そして伯爵令嬢としての未来を失うことなく、レナートもまた、ヴィクトリアと大切な友人を失わずに済む。

そして、自分の手にかかって死んだ多くの人々の命を、救うこともできる。

レナートは部屋に戻ると、紙とペンを取り出し、この先この国で起こるであろう事件を、忘れる前にと一気に書き出していった。

ありがたいことに、若くして公爵位を継いだ自分には、権力と金がある。

それら全てを使って、自分の望む未来を手に入れるのだ。

一日中かかって、全ての行動計画（タイムスケジュール）を立てると、もう日が沈み、周囲が暗くなっていた。

魔道具のランプをつけようと、起動装置に魔力を込めようとした、その時。

「………！」

レナートは、自分が全く魔力が使えなくなっていることに気づいた。

それどころか、精霊の気配すらいっさい感じられなくなっている。

身を澄ましてみれば、ずっと何かに魔力を吸い上げられている感覚がある。

おそらくは、あの黒うさぎの姿をした、時の精霊の仕業だろう。

（なるほど。私の魔力を使って時間を戻しているということか）

キーラがレナートの魔力を使い、この巻き戻った時間を維持しているのだろう。

つまり、こうして過去に戻っている間は、巻き戻した時間を維持するために、レナートは魔力をいっさい使えなくなるということだ。

（確かに全ての魔力が必要というわけだ）

魔力を持っているということは、貴族の証明でもある。

爵位が高位であるほど、保有する魔力が多い傾向にある。

レナートは歴史上でも類を見ない、膨大な魔力保有量を誇っていた。

それもあって、若年ながらも誰もが彼を公爵として認め、恐れ敬ったのだ。

魔力を失った今、多かれ少なかれ周囲から侮蔑の目を向けられることだろう。

（だが、そんなことはどうでもいい）

多少の侮蔑など、痛くも痒くもない。

そんなことよりも、この世界のどこかでヴィクトリアが生きている。

その事実だけで、レナートは幸福感に満たされるのだ。

魔力を失ったレナートは、それまで所属していた魔術師団を退団した。

社交からも、魔力を失ったことを理由に身を引いた。

反乱を前もって叩きつぶすことに集中したかったため、むしろ都合がよかった。

もちろんレナートが魔力を失った理由について、様々な憶測が飛び交ったが、それすらもどうでもよかった。

そして、ついでに国王の側近および宰相補佐の地位も返上しようとしたが、それはさすがに許されなかった。

『魔力に関係ないだろう』

などと国王に一蹴されてしまった。

ヴィクトリアのことだけを考えていたいのに、誠に遺憾である。

それでも多くのことから手を引いたために、前回の生よりも大幅に時間ができた。

その時間でレナートは、まず密かに世の中を動かすため、偽名を使い、商会を設立した。

前の生において、これから起こるであろう事件や流行などを覚えており、発生する需要を知っていたために、商会はあっという間に軌道に乗り。

そして、その商会の名義で、ルシーノヴァ伯爵領にある鉱山を買い取り、サローヴァ侯爵への鉄鉱石の供給を止めてやった。

さらには公爵家の潤沢な資金を使い流通を牛耳り、サローヴァ侯爵を経済的にじわじわと追いつめていった。

資金がなければ、反乱を起こすこともできまい。

　そして思うようにことが進まず焦り始めたサローヴァ侯爵が、私財をなげうって魔銃の製造を始めたことを見計らい、前回の生で攻撃のために場所を覚えていた、魔銃の製造工場を摘発し。

　反乱が起こる前に、反逆者たちを全て捕らえ、国王の名の下に処刑した。

　未来を知っているからこそ、全てがレナートの思うまま、容易く進んだ。

　サローヴァ侯爵の娘である現王妃とその子である第二王子は離宮に送られ、王太子の地位は確立し、王家に多大なる恩を売ることもできた。

　そして全てを最小の被害で片づけたため、ルシーノヴァ伯爵家が反逆に問われることはなかった。

　ヴィクトリアは家族を、そして身分を失うことなく、今生では幸せに暮らしているようだ。

　時折王宮に出仕するダニエルに、彼の妹であるヴィクトリアの話を聞く。

　社交デビュー前の貴族のご令嬢に出会う機会など、ほとんどない。

　だからレナートはダニエルの話でしか、ヴィクトリアの現状を知ることができないのだ。

「妹はなんでも、小動物系女子を目指しているらしいです。もう見た目から明らかに小動物じゃないんですけどね。どうするつもりなんでしょう」

かつてのヴィクトリアの部屋に飾られていたぬいぐるみたちを思い出し、レナートは小さく笑う。

今の彼女は、好きなものを隠さずにいられるようだ。

前回はヴィクトリアと、家族のようにそばにいることができた。

美しく花開くその様子を、間近で見ることができた。

だが今回は彼女のそばに、ちゃんとした本物の家族がいる。

だからレナートは、遠くから彼女の幸せを願うことしかできなかった。

ヴィクトリアの成長を見られないことを若干寂しく思うが、仕方がない。

(――ねえ、ヴィクトリア。私は随分と頑張ったんだよ)

誰にも気づいてもらえない、レナートの献身。

――――けれど、彼女が幸せならそれでいい。

いずれヴィクトリアが社交デビューしたら、跪いて愛を乞うのだ。

その前にいっそ、婚約だけでも申し込んでしまうことも考えたが、我慢した。

レナートは、ちゃんと『待て』ができる大人である。

かつての生でエカチュリーナが社交デビューした際、ヴィクトリアがどこか羨望の眼差しでその姿を見ていたことを知っている。

きっと伯爵令嬢であった時、多くの少女たちと同じように、デビュタントになることを夢見ていたのだろう。

だからこそ、今度はその夢を、ちゃんと叶えてあげたかった。

かつて彼女が失った全てを、取り返させてやりたかったのだ。

そしてレナートは我慢強く、指折り数えてヴィクトリアの社交デビューの日を待っていた。

ヴィクトリアが社交デビューしてくれれば、堂々と彼女の姿を見ることができるようになり、愛を乞うこともできるようになる。

おそらくはヴィクトリア本人よりも、その日を焦がれていただろう。

（ヴィクトリアに会いたい……）

本当はそばにいたい。自分の存在を知ってほしい。

だが今を幸せに生きている彼女にとって、自分は完全に赤の他人だ。

伯爵家の箱入り娘となったヴィクトリアに、なんのつながりもない独身男性である自分が不用意に近づくことは許されない。

彼女には、今度こそ誰から見ても完璧な幸せをあげたいのだ。

家族に愛されて育ち、素晴らしい社交デビューを飾り、そしてそこで運命的な出会いをし、運命的な恋をして、幸せな結婚をする。

——そう、全ては彼女の幸せのため。

たとえ、もしその恋の相手が、レナートではなかったとしても。

ヴィクトリアがほかの男の手を取る姿を想像すると、胸をかきむしりたくなるような焦燥に駆られるが。——自分の想いなど、二の次だ。

(それでも、彼女に会いたい……)

堪えきれぬ渇望を抱えたレナートは、王都にいる際、気晴らしにその中心部を流れるシャルル川の川沿いを散歩するようになった。

かつてヴィクトリアに、聞いたことがあったのだ。

つらい時や苦しい時に、よくこの川辺で時間を過ごしていたのだと。

さらには契約精霊のキーラと出会ったのも、この川辺だと言っていた。

『寂しそうにシャルル川を眺めていたので、拾ってしまいました』

そう言って、膝に乗せた黒うさぎを優しく撫でていたことを思い出す。

なんの瑕疵もない伯爵令嬢となった今、彼女がここに来ることはないだろう。

けれど、かつて彼女が孤独を癒やした場所ならば、自身の孤独も少しは慰められるのではないかとレナートは考えたのだ。

ゆっくりと流れる川を見つめる。確かに外の空気を吸い、川のせせらぎを聞くだけでも、心身共に浄化される気がする。

おそらく屋敷に戻れば、また執務机の上には大量の書類が積まれているのだろう。領地経営だけでなく、今は商会の仕事もある。だがヴィクトリアはいない。

彼女が秘書官として働いてくれていた頃よりも、明らかに仕事の量が増えている。どれだけ彼女が自分の助けとなっていたのか、今頃になって思い知らされる日々だ。

なんの知識も技能もなかった伯爵令嬢が、レナートの右腕となるまでになった。その彼女のすさまじい努力と、自分への献身を思い知る。

(だから今回は、私が頑張らねばならないのだ)

なんとしても、彼女を幸せにする。もはやそれだけがレナートの存在意義だ。

ヴィクトリアに会いたいなどという、利己的な願いを持っている場合ではない。

そんなことを考えながら、川辺を歩いていると、ぱたぱたと小さな足音がした。

軽い、いつかどこかで聞いた足音。

「お嬢様ぁぁぁ」という、なにやら情けない女性の声も聞こえてくる。

そういえば仕事が忙しい時、ヴィクトリアは、こんなふうに公爵邸中を小走りでぱたぱたと移動していた。

淑女としてはあるまじきことなのだろうが、レナートはいつもそんな彼女の足音を心地よく聞いていたのだ。

懐かしくて、ふと足音の方へ顔を向ける。

「…………！」

——すると、そこにはレナートの天使がいた。

陽の光を受けてきらめく銀色の髪。染み一つない真っ白な肌。焦がれに焦がれた薄青色の瞳。非の打ちどころなく整った美貌。

（ヴィクトリア……！）

思いもよらぬ事態に、滅多なことでは動じないレナートが、激しく動揺していた。

それを顔に出さずに済んだのは、奇跡と言える。

数年ぶりの邂逅（かいこう）に、魂が震えた。どうしようもなく愛しさが湧き上がる。

久しぶりに見た彼女は、最期の姿よりも幼くあどけない。

それはそうだろう。今の彼女はまだ、デビュタント前の少女なのだから。

レナートの存在に気づいたからか、ヴィクトリアは突然何事もなかったかのように、しずしずご淑女然として歩きだした。

先ほどまでドレスの裾をつまみ上げて、土手を駆け降りてきたくせに。

噴き出しそうになるのを、レナートは必死に堪える。

そして、震えそうになる声を叱咤して、声をかけた。

「……こんにちは。レディ」

その声を聞いたヴィクトリアが、ゆっくりとレナートへ顔を向ける。

美しい薄青色の目が、レナートを射抜く。

――ああ、やっぱりダメだ。

レナートは、そんなことを思う。

やはり彼女を手放すことなどできない。遠くから幸せを祈るなんてクソ食らえだ。

彼女が恋をし、結婚をする相手の座を、ほかの誰かに譲るなんて、あり得ない。

（……絶対に手に入れてみせる）

覚悟が決まれば、自然と顔が緩んだ。するとヴィクトリアの目が大きく見開かれる。

そして、なぜか彼女の視線は、レナートの肩へと向けられた。

「どうしたんだい？」

目を背けられるようなことをしてしまったかと不安になって聞いてみれば、ヴィクトリアは慌てて姿勢を正した。

それからドレスの裾を指先でつまみ、腰を屈めて礼をとる。

「お初にお目にかかります。ルシーノヴァ伯爵家が長女、ヴィクトリアと申します」

そうだった。本当は初めてではないけれど、今回の人生では初めて出会うのだった。

少し馴れ馴れしかったかとレナートが反省していると、ヴィクトリアがぱあっと花開くように笑った。

「………っ！」

それはレナートが初めて見た、ヴィクトリアの満面の笑みだった。

ずっと、ずっと、見てみたいと焦がれた、愛する女の笑顔。

そう、今のヴィクトリアは表情を失っていないのだ。

だって彼女は家族を失うことなく、絶望に囚われることなく、幸せに生きているから。

――それは、レナートの努力が、報われた瞬間だった。

嗚咽が込み上げてくるのを抑えるため、息を細かく吐く。

「どうなさいまして？」

今度はレナートが、ヴィクトリアに聞かれる番だった。

レナートは慌てて、乱れに乱れた感情を立て直す。

なんせ恋する女性との初対面である。そして第一印象はとても大切なのだ。

「気を悪くさせたのならすまない。君の美しさに見惚れてしまった」

素直に言葉を紡げば、今度はヴィクトリアが呆然とする番だった。

こんなに美しいのに、相変わらず言われ慣れていないらしい。

ほんのりと頬が赤らんでいる。そんな彼女もとても可愛い。

「うふふ。ありがとうございます」

そう言って、嬉しそうにまた笑ってくれた。レナートは今すぐにでもヴィクトリアを拉致監禁したくなる気持ちをぐっと抑えて、いまさらながらに自己紹介をする。

社交デビュー前の彼女に手を出すわけにはいかない。ひたすらに我慢である。

「とんだ失礼を。私はレナート・アヴェリンと申します。どうぞお見知り置きを」

「まあ！　アヴェリン公爵閣下でいらっしゃいますか。いつも兄がお世話になっております」

ヴィクトリアはまた微笑んで、礼を言う。

レナートもつられたように、自然と笑みを浮かべてしまった。

「ダニエルから、可愛い妹君の話は前々から聞いていたんだ。彼の言う通り実に可愛らしい」

とりあえず会話を続けるため、彼女の兄をダシにする。

ダニエルは放っておいてもいかに己の妹が可愛いかを語ってくれるので、最新のヴィクトリア情報を手に入れるのに、非常に役に立っているのだ。実にありがたい。

レナートはわざとらしくならないよう、手を差し伸べた。

夜会でもないのに、この挨拶は少々礼を逸するが、どうしてもヴィクトリアの肌に直接触れて、彼女が生きていることを実感したかったからだ。

すると流されてくれたらしいヴィクトリアは、その小さな手をレナートの手のひらの上へ置いてくれた。

彼女と触れ合った瞬間、歓喜で全身に震えが走った。

レナートはなんとか平静を装い、ヴィクトリアの手の甲に、触れるだけの口づけを落とす。

するとヴィクトリアの顔が、真っ赤に染め上がった。

どうやら今生の彼女も、レナートを憎からず思ってくれているようだ。

つまりは、押せばなんとかなるということで。手ごたえを感じたレナートは、内心ほくそ笑む。

「お嬢様！」

するとそこで彼女の侍女がやって来て、ヴィクトリアと距離を取らざるを得なくなった。

彼女は未婚の令嬢なのだから、仕方がない。侍女の行動が正しい。

それはわかっているのだが、やはり彼女から離れるのは寂しい。

次に会えるのは、いつになることか。

強気に出た侍女だったが、レナートの正体がアヴェリン公爵だと知ると、青い顔をして平身低頭で詫びた。

「し、失礼いたしました……」

「いや、君は主を守ろうとしたに過ぎない。ヴィクトリア嬢は実に優秀で忠実な配下をお持ちだ」

レナートは小さく笑って、愛する女の侍女を褒める。

彼女がいれば、ヴィクトリアに変な男を近づけたりしないだろう。

ぜひこの調子で今後も頑張ってほしい。

「私も兄から閣下のことは伺っておりますわ。とてもご立派で信頼に値するお方だと」

「おや、兄君は随分と私を買いかぶっておられるようだ」

それから二人、目を合わせて微笑み合う。

そしてヴィクトリアはワクワクと目を輝かせ、レナートにおねだりをする。

「あの、閣下。肩にいる子うさぎに触れてもいいですか？」

「子うさぎ……？」

「ええ。肩に小さな子うさぎが乗っておられますわ。契約精霊かしら？」

（キーラの奴。ずっと私の肩に乗っていたのか）

なるほど。通りで魔力持ちの連中から、時折妙な生ぬるい目を向けられるわけである。

皆、レナートの肩に乗っている黒うさぎを見ていたのだろう。

冷徹で知られるアヴェリン公爵の肩に、可愛らしい子うさぎ。

その不似合いさが、おかしかったのだろう。

そしてエカチュリーナに至っては、面白がってあえてレナートにキーラの存在を伝えなかったに違いない。相変わらず性格の悪い妹である。

「すまない、私は今魔力を失ってしまって、その子うさぎの精霊とやらも見ることができないんだ」

だからレナートには、今、キーラがどうしているかはわからない。

全ての魔力を常に吸い上げられているため、その姿も声も認識できなくなってしまったからだ。

けれどヴィクトリアのことが大好きなあの黒うさぎは、今頃レナートの肩の上で、絶対に喜んでいるに違いない。

「……もし触れられるのならば、触ってやってくれないか。ずっと寂しい思いをさせてしまっているんだ」

なかなかに性格の悪い精霊だが、元の契約者であるヴィクトリアを想う気持ちだけは認めていた。

ヴィクトリアは嬉しそうに、レナートの肩に手を伸ばす。

「お嬢様！」と精霊の見えない侍女が小声で窘めるが、ヴィクトリアは気にせずそのままレナートの肩の少し上の空間を、優しく愛おしげに撫でた。

「可愛い……」

蕩けるような笑みを浮かべるヴィクトリアに、レナートはまたしてもそのまま担ぎ上げて家に持ち帰りたい気持ちをぐっと抑える。

本当に一体なんなのだろう。この可愛い生き物は。奇跡だとしか思えない。

随分と雰囲気が変わったのは、今、彼女が幸せだからなのだろう。

ヴィクトリアの小動物系への努力などまるで知らないレナートは、そう結論づける。

その後、侍女に促され、ヴィクトリアは名残惜しそうにレナートのそばから離れた。

確かに未婚の、しかも社交デビュー前の令嬢が、家族でもない男と長々と立ち話をするのは、あるまじき行いだろう。

誰かに見られ、密会をしていたなどと噂を立てられてはたまらない。

(まあ、私はヴィクトリアが相手なら、いくら噂が立ってもいいんだが)

むしろ噂になって責任を取らせてもらえたら、万々歳である。

だがのっけからあまりガツガツしては、引かれてしまうだろう。

大人の男として、できるなら余裕を見せつけなければ。

なんせレナートの望みは、ヴィクトリアの非の打ちどころのない完璧な幸せなのだから。

くだらない醜聞などで、彼女の経歴に傷をつけるわけにはいかないのだ。

(それでもかなり親しげな雰囲気はつくれたな)

そう、今まさに恋に落ちたと、そう言っても違和感がない程度には。

恋物語の仕込みをすることができ、成果としては上々である。

これをきっかけとして、彼女に結婚を申し込んでも、問題はあるまい。

「それでは、私はこれで失礼いたしますわ」

「ああ、楽しい時間をありがとう。ヴィクトリア嬢」

踵を返し、馬車へと戻っていくヴィクトリアを眺めながら、レナートは決意する。

絶対に、どんな手を使っても、彼女を手に入れると。

そしてレナートは着々と、ヴィクトリアを囲い込む用意を始めた。

ヴィクトリアは可愛い。前回の生からも可愛かったが、表情を取り戻した今となっては、可愛いが限界突破してしまった。

社交デビューをしてしまえば、ヴィクトリアの周りには、あっという間に彼女に心酔した男どもが群がることだろう。

社交デビューとは、婚姻可能年齢に達したことを周知することだ。

つまり彼女がデビューしたら、男が群がる前に、レナートが即座に手折ってしまえばいいのである。

レナートの手にかかれば、それは実に容易いことだ。

なんせレナートは筆頭公爵家当主。魔力を失ったとはいえ、この国において王家に次ぐ権力と財力を保持している人間なのだから。

ルシーノヴァ伯爵家程度では、アヴェリン公爵家からの縁談を拒否することなどできまい。

とりあえず妻にしてしまえば、ヴィクトリアにもう逃げ場はない。

あとはゆっくりと甘やかして、大切に大切に追いつめ、恋に落ちてもらえばいい。

結婚後でも愛は芽生えるだろう。レナートは暗い笑みを浮かべた。

それからレナートは、ヴィクトリアの社交デビューの日を指折り数えていた。

「……つまりはエカチュリーナ。お前も社交デビューか」

「ええ。ちなみにわたくしは最初から王太子殿下一点狙いですから、いまさらですけれど」

ヴィクトリアと同時に社交デビューを迎える妹のエカチュリーナは、婚約者である王太子以外は眼中にないようだ。

「殿下に愚かな虫が集らないように、警戒しなくてはなりませんのよ」

「そうか。まあ頑張ってくれ。お前なら大丈夫だ」

兄妹であるからか、恋愛に対する姿勢（スタンス）が実に近しくて嫌になるが。

「いずれ王妃になったら、国を裏で牛耳ってやろうと思っていますの」

「そうか。まあ頑張ってくれ。お前ならできるよ」

　適当に相槌を打ちつつ、レナートは妹の社交デビューのため、使用人たちに細かに指示を出していく。

　レナートが特に何もせずとも生きていけそうな逞しい妹ではあるが、それでもできるだけのことはしてやりたい。

　ちなみに前回の生でも、彼女は王太子妃として、その辣腕を振るっていた。

　おそらく今回の生でも、この国を裏で牛耳る女帝となることだろう。

　ぜひ頑張ってほしい。この兄に迷惑をかけない程度に。

　エカチュリーナの社交デビューの支度をしながら、レナートは妹の姿をヴィクトリアに重ね合わせる。

　彼女も今頃きっと、社交デビューを指折り数えて楽しみにしているのだろう。

　そして待ちに待った、ヴィクトリアの社交デビュー当日。

　王宮の大広間で、アヴェリン公爵家当主として、妹をエスコートしつつ、レナートはどうやってヴィクトリアに近づこうかと画策していた。

　するとこっそり近づいてきたダニエルから、「妹と踊ってやってくれませんか？　レナート様と踊れたら、デビュタントとして箔がつくと思いますので」などと頼み込まれた。

渡りに船がすぎて、思わずヴィクトリアによく似たその顔に、感謝の口づけをしそうになった。

心の中で、勝手にダニエルを友人から親友に格上げする。

もちろん近々のうちに、義理の兄にまで、さらなる格上げする予定である。

ダニエルに案内された先にいた、デビュタントの白いドレス姿のヴィクトリアは、この世のものとは思えぬほどに美しく、年相応に純真で、可愛らしかった。

周囲の男どもの目が、釘づけである。その気持ちはよくわかるが許さん。

これまでにない兄の嫉妬にまみれた様子に、妹のエカチュリーナの目が面白そうに爛々（らんらん）と輝いていた。

絶対に後で色々と詮索され、揶揄（からか）われるだろうが、今はそんなことよりも。

「私と踊ってはいただけませんか？」

脳内で何度も模擬練習（シミュレーション）した通りに、ヴィクトリアを誘う。

ヴィクトリアは喜んで、受け入れてくれた。

楽しそうに自分の腕の中で踊るヴィクトリアが、愛おしくてたまらない。

わずかに触れた肌が、じわりと熱を孕（はら）む。

永遠にこのまま踊っていたいと、強く思う。

だが楽しい時間は、矢のように過ぎゆくもので。

気がつけば円舞曲（ワルツ）が終わりに近づいていた。

舞踏会において、ダンスは同じ相手と二曲連続で踊ってはならない。

それが許されるのは、家族と婚約者のみだ。

だがそこをなんとか言いくるめて二曲目も踊ってもらい、自分が彼女を憎からず思っていることを、周囲に主張（アピール）できないかとレナートが画策していたところで。

腕の中のヴィクトリアが、もじもじと何かを言いたそうにしていることに気づいた。

そういえば踊りと彼女を手に入れるための策略に夢中で、あまり彼女と会話をしていなかった。本末転倒にもほどがある。

慌ててレナートは「どうした？」とできるだけ優しい声で聞いた。

すると何を思ったのか、ヴィクトリアはレナートを真っ直ぐに見つめ。


「結婚してください！」


などと言い出したのである。しかも結構な大きな声で。

想定外にもほどがある。さすがのレナートも唖然とした。

あまりにも都合良くことが進みすぎていて、現実味がない。

しかもたまたま音楽が途切れた時であったため、その言葉は思いの外周囲に響いてしまった。

（結婚……結婚……結婚⁉）

優秀なはずのレナートの頭が、随分と時間をかけて、ようやくその言葉を認識する。

もちろんレナートの返事は「喜んで！」以外にはない。

むしろ、元からそのつもりだった。

なんなら公爵邸の中に、すでに彼女の部屋をつくってあるくらいである。我ながら気持ちの悪いことに。

だが、口に出した瞬間、ヴィクトリアは青ざめた。

おそらく無意識下での言葉だったのだろう。

それはつまり、彼女が正しくレナートと結婚がしたいと思っている、ということで。

もう、彼女を逃す理由はなかった。

円舞曲が終わり、互いに礼をする。

そして顔を上げた瞬間、羞恥で顔を真っ赤にしたまま逃げ出そうとしたヴィクトリアを、レナートは素早くつかまえる。

――こんな好機を失うわけにはいかない。

「どうか、もう一曲踊ってはもらえないか？」

縋るような目で希えば、お人好しなヴィクトリアはあっさりと頷いてくれた。

レナートは、己の勝利を確信する。

そしてヴィクトリアの息が切れ、足がもつれるようになるまで、レナートは彼女と踊り続けた。

こうなれば、もうこちらのものである。

これだけ大っぴらに特別な関係であることを、周囲に見せつけてやったのだから。

実際には今生においてはまだ二回しか面識のない、限りなく他人に近い男なのだが。

長い年月、ヴィクトリアだけを想い続けてきたのだ。

その想いの重さならば、誰にも負けない自信がある。

人当たりが良さそうに見えて、実のところレナートは、案外狡猾な男である。

家族に慌てて回収されていったヴィクトリアを見つめ、レナートは勝利の笑みを浮かべてみせた。

その顔を見たミゲルが震え上がっていたのは、気にしてはいけない。

その後のレナートの行動は早かった。

舞踏会の翌日には、すぐにルシーノヴァ伯爵家へ乗り込んで、ヴィクトリアに結婚を申し込んだ。

あそこまで表立って、自分のものだと周囲に主張したのだ。

これでヴィクトリアは、目論見通りにレナート以外の男と結婚することが難しくなってしまった。

だから断られることはないだろうと、確信していた。

最初の頃こそ渋面をしていたルシーノヴァ伯爵夫妻であったが、レナートの真剣な様子にあっという間に許しをくれた。

後にダニエルからはぐちぐちと苦言を呈されたが、知ったことではない。

そもそもどれほど妹が可愛いかについて、せっせとレナートに吹き込んだ、ダニエルが悪いのである。

こうして無事レナート・アヴェリン公爵とヴィクトリア・ルシーノヴァ伯爵令嬢の婚約は成立した。

若干の身分差はあれど、舞踏会での仲睦まじい様子を知っている人が多かったこともあり、そこまでの明確な反発はなかった。

レナートとしては今すぐにでも結婚したかったのだが、長めの婚約期間が欲しいとルシーノヴァ伯爵家から懇願された。

こんなにも早く結婚が決まるとは思っていなかったため、結婚準備が全く追いついていないようだ。

正直なところレナートとしては、ヴィクトリアに身一つで嫁に来てもらっても全くかまわないのだが、ひとり娘の結婚式を、万全を期して臨みたいという、ルシーノヴァ夫妻の気持ちもわかる。

さらにルシーノヴァ伯爵家は、家族仲が非常にいい。

よってもう少し、家族で過ごす時間も欲しいのだと懇願されてしまえば、レナートは否とは言えない。

前回の人生において、ヴィクトリアはそんな仲のいい家族を理不尽に奪われた。

だからこそ、彼女にはできるだけ家族と共に過ごしてほしいという思いも、確かにあるのだ。

――ただ、レナートが寂しいだけで。

ちなみにレナートの妹であるエカチュリーナは、社交デビューしてすぐに堂々と王宮に入り浸るようになってしまった。

サローヴァ侯爵の娘だった王妃が、自身の父の反逆により離宮に封じられたため、王家には今、女性王族がいない。

よって、エカチュリーナはあっという間に、王宮の社交の中心となったのだ。

どうやら国王にも、実の娘のように可愛がられているらしい。

さすがは今日も逞しくも末恐ろしい、我が妹である。

妹の手腕があまりにも見事すぎて、レナートは生まれて初めて妹を尊敬した。

そんな妹は初めての恋を前に、ぐずぐずしている兄を見てせせら笑った。

「お兄様とは違いますのよ。お兄様とは」

詰めが甘いと言われてしまえば、何も言い返せない。

そしてエカチュリーナは、ちゃっかりヴィクトリアとも仲良くなっていた。

前回から引き続き、一番の恋敵は妹であるらしい。

婚約期間、新たな女主人としてアヴェリン公爵家の家政を引き継ぐためという名目で、ヴィクトリアは多くの時間をエカチュリーナと共に過ごしていた。

二人が仲良くしている姿が、レナートは嫌いではなかった。

だが自分と過ごす時間より、エカチュリーナと過ごす時間のほうが明らかに長いのは、実に遺憾である。

ちなみに元々優秀なヴィクトリアは、あっという間にアヴェリン公爵家の女主人としての仕事をこなせるようになった。

やはり彼女は働くことが好きなのだろう。生き生きと完璧に仕事をこなしている。

「もう、この家を出ることに憂いはないわ！」

エカチュリーナはそう言って、誇らしげに笑っていた。

これで、気がねなく嫁にいけると。

妹はレナートにとって、ヴィクトリアを幸せにするための、戦友でもあったのだ。

もちろん婚約期間の二年間。レナートもまめまめしくヴィクトリアに手紙を書き、贈り物をし、逢い引きに誘い、せっせと関係を深めたつもりだ。

ヴィクトリアも最初の頃こそ緊張していたようだが、今では素直に甘え、時に我儘さえも言ってくれるようになった。

かつての生において、仕事をするようになったヴィクトリアは、自立したいからと言って、いっさいレナートに頼ることはなかった。

ひとりで生きていくのだと、いつも痛々しいくらいに、彼女は自分を律していたのだ。

だから、こうしてヴィクトリアが素直に甘えてくれるようになったことが、とても嬉しかった。

「ん……？　レナートさま……？」

まさに甘えるような声がして、レナートは追憶から我に返る。

どうやらヴィクトリアが目を覚ましたらしい。

引き寄せて、包み込むように抱きしめれば、嬉しそうにその薄青色の目を細めて笑い、レナートの裸の胸に、頬を擦り寄せた。

「…………」

湧き上がった色々な衝動を堪えるために、レナートは深呼吸をした。

さすがに朝から盛るわけにはいかない。

それでなくとも昨夜は無理をさせてしまったのだから。

「おはようヴィー。今日も可愛いな」

耳元で囁（ささや）いてやれば、ヴィクトリアの耳が真っ赤に染まった。

「絶対に可愛くないです……。お化粧もとれてしまって眉がなくなってますし……」

言われてみれば、確かに真ん中から先の眉毛がない。

どうやら元のきりりと上がった凛々しい眉を嫌い、眉尻を全て剃り落としてしまっているようだ。

じっと見つめていたら、その眉を恥ずかしそうに手で隠してしまった。やっぱり今日も妻が可愛い。

「別にそのままでもいいのに」

「だって、地顔は性格がきつそうに見えるんですもの……だから一生懸命印象を変えようと頑張っているんです」

確かに言われてみれば、前の生よりもヴィクトリアの化粧が濃い気がする。

そして、顔の雰囲気も変わった気がする。

レナートとしては、ヴィクトリアはヴィクトリアであるというだけで全てが可愛いので、あまり気にしていなかったが。

「そんな無理に印象を変えなくても、そのままでいいと思うが」

「……え？　レナート様はふんわりとした小動物系女子がお好きなのではないのですか？」

「小動物……？　一体なんのことだ？」

ヴィクトリアの言葉の意味がわからず、レナートが首をかしげれば「そんな……！これまで私は何と戦っていたの……？」などとヴィクトリアが喚く。

「か、可愛いものがお好きなのでは……？」

「ヴィクトリア以外を可愛いと思ったことはないが」

「ひえ……」

ヴィクトリアが顔を真っ赤にして、隠れるように寝台の中へ潜ってしまった。

どうやら彼女は、何かと戦っていたらしい。おそらくは、レナートのために。

「どんなヴィーでも、私は可愛くてたまらないんだ」

「……ありがとうございます」

寝具の中からそっと顔を出し、照れたように笑う姿もやはり可愛い。

「ヴィー。愛してる」

そう言って寝具ごともう一度強く抱きしめれば、ヴィクトリアもおずおずとレナートの背中に手を這わせ、抱きしめ返してくれる。

与えた分、返ってくる愛情が、嬉しい。

ヴィクトリアが己の妻になったことを、実感する。

きっと恋敵の一柱である精霊のキーラは、今頃怒り狂っているだろうが、魔力がなくてその姿が見えないので問題ない。

今日から新婚旅行だ。ヴィクトリアと共に南方へ美しい花々と海を見に行く予定だ。

（幸せすぎて死にそうだ……）

昼近くになってようやく起き出して、屋敷を出る。

旅行先へ向かう馬車の中では、常にヴィクトリアを膝に乗せて、共に窓から見える風景を楽しんだ。

耳を赤くして、恥ずかしそうな顔をする彼女は、最高に可愛かった。

生まれて初めて海を見て、感動し目を潤ませるヴィクトリアもまた可愛かった。

砂浜を恐る恐る裸足で歩き、足の裏が熱いと笑う姿など間違いなく天使だった。

南方に咲く色鮮やかな花を見つめ、己の髪に飾る姿は、間違いなく妖精だった。

夜は深く愛し合って、温かく柔らかなヴィクトリアの生命を胸に抱き込んで、まどろむ。

そのたびに真っ赤になって恥ずかしがる、初心なヴィクトリアがたまらなかった。

かつてこの手に抱いた、冷たく硬いヴィクトリアを思い出して、今のこの幸せを噛みしめる。

生きていてよかったと、心から思う。

新妻と共に過ごす、幸せでたまらない時間。

レナートは間違いなく、人生の春の中にいた。

――そして一ヶ月に及ぶ新婚旅行から帰ってきて、幸せ呆けしたレナートを待ち構えていたのは、大量の仕事の山だった。

執務机の上に、彼の決裁を待つ書類が、天井に届きそうな勢いで、積み上げられていたのだ。

「くっ……」

一気に幸せな気分が吹き飛び、レナートは呻いた。

見ているだけでも、過労のあまり死にそうだ。

「一ヶ月もの間散々お楽しみだったんですから、これからしばらくは馬車馬のように働いてくださいね。閣下」

侍従のミゲルが、隈がべっとりと貼りついた目を細めて、にこやかに笑った。

どうやら相当無理をさせてしまったようだ。何かが吹っ切れてしまった顔をしている。

「いっそ燃やしてしまおうか……」

「ダメに決まっているでしょう！」

普段は従順なミゲルが、今回に限っては冷たく言い放つ。

ヴィクトリアが秘書官として、レナートの仕事を補佐してくれていた頃は、こんなことにはならなかったのに。

だがその代わり、妻としてのヴィクトリアが手に入ったのだから、仕方ない。

これは自分で頑張るしかないのだろう。

血反吐を吐きそうになりながらも、レナートが覚悟を決め、一番上にある書類を手に取った、その時。

執務室の扉が、トントンと遠慮がちに叩かれた。

事務官かと思い入室を許可すれば、そこには共に新婚旅行から帰ったばかりの妻がいた。

お茶と焼き菓子の乗った、ワゴンと共に。

「レナート様。お茶をお持ちしました……って、ええ……？」

新婚旅行から帰ってすぐに仕事へ戻った、仕事中毒の夫を労ろうとしたのだろう。

微笑みを浮かべながら、執務室に入り、そこに堆く積まれた書類を見て、そのあまりの量にヴィクトリアは言葉をなくした。

「奥様、新婚早々誠に申し訳ございません。現状こんな状況でして。しばらく閣下はここで缶詰とさせていただけますと……」

「勝手なことを言うなミゲル。仕事が終わらなくても私は妻のところに帰るぞ」

「強引に一ヶ月休んどいて、なにを格好良さげなことを言ってるんですか！　どうすんですかこれ⁉　色々滞ってるんですよ！」

とうとう堪忍袋の尾が切れてしまったらしいミゲルが叫んだ。

ヴィクトリアは相変わらず呆然と、仕事の山を見上げている。

仕事ができない上に無責任な人間だと思われたくなくて、レナートは慌てて言い訳をする。

「すまないヴィクトリア。旅行前にできる仕事は終えていったんだが、旅行中に少しだけ仕事がたまってしまったようで……」

「これは少しとは言いませんよ」

ぴしゃりと言う妻の冷たい声に、レナートとミゲルは小さく飛び上がった。

明るく可愛い小動物系の仮面が剥がれ、『鉄の女』の片鱗が見える。

冷ややかな薄青色の目で見下すように一瞥され、レナートとミゲルはガタガタと震える。

「大体どうしてこんなになるまで放っておいたんです」

「いや、その、だから君との新婚旅行を優先して……」

「だとしても、こんなことになるくらいなら、もう少し旅行を短く切り上げるべきでしたね。これでは、関係各所にどれだけの迷惑をかけたことか」

ヴィクトリアの厳しい叱責に、レナートはぐうの音も出ない。

ヴィクトリアがかつてレナートの秘書官だった頃。うっかり仕事をため込んでしまったレナートは、よくこんなふうに叱られていた。

その時のことを覚えていたのだろう。レナートの背筋が自然とシャンと伸びる。

そしてヴィクトリアは、柔らかく背中に流していた髪を、高い位置で一つに結ぶ。

レナートは驚き目を見開いた。それは随分と懐かしい姿だった。

「私が書類を分別し、優先度の高いもの順に並べていきます。また、代理人決裁でも問題ないものに関しては、私が公爵夫人権限で処理します。家政関連のものは全て私が引き受けます。よいですね」

「「はい！」」

レナートとミゲルの返事が、綺麗にハモった。

そしてヴィクトリアは、テキパキと仕事を始める。

その手際は素晴らしく、そして何よりも的確だった。

まるで、全ての内容、手順を覚えているかのように。

レナートとミゲルの二人だけだった時の何倍もの速さで、仕事が片づいていく。

ミゲルもヴィクトリアの手腕に、呆気に取られている。

とてもではないが、伯爵家の箱入り令嬢が即興で対応できる内容や量ではない。

——やはりヴィクトリアにも、前回の記憶が残っているのかもしれない。

仕事を始めた途端に生き生きと働きだした愛しの妻から、容赦なく回される書類を必死にさばきながら、レナートは思う。

覚えていてほしいような、忘れてしまっていてほしいような。

なんとも言えない複雑な感情が、レナートの中にある。

(君にはもう、幸せだけをあげたいんだ……)

ヴィクトリアには今生において、悲しいことも、苦しいことも、つらいことも、何一つ知ることなく生きていってほしいのだ。

前回の短い人生で、一生分以上に味わわされてしまった、それらを。

何もかも忘れて、幸せでいてほしいのだ。

(それにもし記憶があったとしたら、ヴィクトリアはこんなに表情豊かでいられただろうか?)

レナートはどうしても、確信が持てなかった。

『実は私たちは、人生を十年前からやり直しているんだ』

などと言って、ヴィクトリアに頭の中身を心配されてしまうのも困る。

今は魔力が使えないため、精霊と意思疎通(コミュニケーション)を取れないのが本当に不便だ。

全てを記憶しているであろうキーラに聞けば、すぐに解決できるというのに。

だが結局真実を追求することを、レナートは選ばなかった。

――それはいずれ、その時がくればわかることだから。

「終わった……！」

そうしてレナートがためにため込んだ仕事は、およそ十日弱で片づいた。

レナートとミゲルだけではとてもではないが、その期間で片づけることはできなかっただろう。

かつて『鉄の女』と呼ばれた、ヴィクトリアの助力があってこそである。

随分と見通しの良くなった執務室を腰に手をあてて見渡すと、ヴィクトリアはレナートを見上げて、晴れ晴れと誇らしげに笑った。

「よく頑張りましたね。レナート様」

――その言葉に、その笑顔に。

これまでの全てが報われた気がして。レナートはその場に跪き、嗚咽を堪えた。

エピローグ　時が満ちる時

ヴィクトリアがレナートと結婚して、五年が経った。

それだけ経って、ようやくヴィクトリアはこの幸せに、現実味を感じるようになった。

二人の間には、子供も二人生まれた。男の子と女の子がひとりずつだ。

四歳の息子のレオンは、ヴィクトリアと同じ銀の髪に、レナートに似た赤い瞳をしている。

一方一歳半の娘のアンバーは亜麻色の髪に、紫色の目をしていて、互いの色が綺麗に混ざり合ったようだと、レナートと笑って話している。

息子も娘も強い魔力を持っているらしく、相変わらずレナートの肩にちょこんと乗っているキーラのことも見えるようだ。

「うさたん！　うさたん！」

家族での団欒の時間。

しゃべりだしたばかりのアンバーがレナートの肩に手を伸ばし、キーラを小さな手で撫でている。

アンバーの下手くそな毛繕いに少し困った顔をしながらも、キーラは目を細めていて、まんざらでもなさそうだ。

キーラもヴィクトリアも、ずっと寂しい思いを抱えて生きてきた。

だからこそこうして家族が増えたことが、とても嬉しい。

ヴィクトリアは母として、公爵夫人として、レナートの秘書として、毎日忙しくしているが、充実もしている。

前に新婚による幸せ呆けで、仕事を放り出したため込んでいたレナートを叱りつけ、仕事を全て片づけさせたことがあった。

すると、その手腕を買ったミゲルに泣きながら頼み込まれて、ヴィクトリアはそのままレナートの秘書官の真似事をする羽目になってしまった。

『レナート様の右腕になれるのは奥様だけなんです！』などとおだてられ、つい乗せられてしまったのだ。

そしてヴィクトリア自身、十日間彼の仕事を手伝ったことで、かつての仕事の楽しさを思い出してしまった。

つらいことも苦しいこともあったが、なんだかんだ言ってヴィクトリアは、レナートの補佐をする仕事が、前の生から好きだったのだ。

公爵夫人が領地経営の実務に就くことに、反発もあるだろうと心配していたのだが、ヴィクトリアがレナートの補助、および代理決裁をすることで、業務の円滑化が随分と進んだらしく、むしろ諸手(もろて)を挙げて歓迎されてしまった。

さらにはレナートの致死量の仕事を、ヴィクトリアが分担することで、彼も家族との時間を多く取れるようになり、喜んでいる。

毎日が幸せだ。そして幸せであることで不安を感じるようなことも減った。

「……王子殿下のお誕生会ですか？」

「ああ。殿下も三歳ということで、今年から大々的に催すことになったらしい。悪いが君も一緒に参加してくれ」

ついこの間生まれた気がするというのに、エカチュリーナと王太子との間に生まれた王子も、もうすぐ三歳になるのだという。

そして、その誕生日を祝う祝宴が催されるそうだ。

「最近時間の流れをやたら早く感じますね……」

「つまりは年をとったってことさ。二週間後、王宮で開催されるから準備を――」

そこで、ヴィクトリアはなぜか、嫌な引っかかりを感じた。

そして、あることに気づき、全身から血の気が引く。

幸せすぎて、すっかり忘れていた。

（その日は……その場所は……）


――かつてヴィクトリアが死んだ日で、死んだ場所だ。

とうとう二度目の人生が、一度目の人生に追いついてしまったらしい。

急激にヴィクトリアを不安が襲った。

つまりこれから先の人生は、完全なる未知の世界であり、何が起こるかわからないということだ。

自分は、新しい未来において、一体どうなってしまうのだろうか。

「どうしたんだ？」

心配そうにレナートに問われ、ヴィクトリアは小さく首を横に振った。

そんな漠然とした不安を、レナートに話すわけにはいかない。

そもそも一度目の人生のことを話したところで、信じてもらえないだろう。

レナートはヴィクトリアに何か秘密があること自体は察しているようだが、時折物言いたげな目で見つめるだけで、あえて聞き出そうとはしてこない。

(――怖い)

普通に生きている人間ならば当然のことを、ヴィクトリアは怖いと思った。

未来が見えないことが、未来を知らないことが、こんなにも不安だなんて。

だからといって、理由もなく、王子殿下の催しに欠席するわけにもいかない。

なんせ王子殿下の母君は親友であり、義妹でもあるエカチュリーナなのだ。

実家であるアヴェリン公爵家が欠席したら、エカチュリーナの顔をつぶしかねない。

レナートだけの参加とすることなら可能かもしれないが、それはヴィクトリアの心が拒否をする。

エカチュリーナと共に、彼女の幸せを祝いたいし、それに。

(……またあの時のように、レナート様が危険に晒されるかもしれないもの)

ヴィクトリアはなんの力も持っていないが、それでも彼の弾よけくらいにはなれるだろう。

なんなら、それで彼の命を救った前例だってあるのだから。

そんなことをレナートに言ったら、間違いなく怒られるだろうけれど。

誕生会の日程が近づき、ヴィクトリアはレナートと子供たちと共に、早めに公爵領から王都へ向かった。

アヴェリン公爵家の王都別邸に到着し、数日ゆっくりと休んだ後、王子殿下の誕生を祝う祝宴に参加するため、ドレスアップする。

子供たちも王宮へ行きたがったのだが、残念ながらさすがに今日は留守番だ。

信頼する侍女たちに子供たちを任せ、夫婦で王宮へと向かう。

そして今日も絢爛豪華な王宮の、これまた絢爛豪華な大広間に入場する。

そこでまずは国王陛下と、王太子夫妻に挨拶をした。

何やらエカチュリーナが微笑みを浮かべながらも、何か言いたげな顔でこちらを見ている。

きっとまた色々と愚痴という名の罵詈雑言を、腹の中にため込んでいるのだろう。

近々子供たちを連れて王宮に行って、彼女のおしゃべりに付き合おうと決める。

それからヴィクトリアは公爵夫人としてレナートに寄り添い、次から次にやって来る招待客から挨拶を受ける。

前の生ではこの場でただの秘書官として、レナートの背後で息を潜めて目立たぬように参加していた。

それなのに、今の生では妻として、彼に腰を抱かれながら、この場に立っている。

一度目と二度目で、随分と人生が変わったものだとヴィクトリアは思う。

祝宴は粛々と進行していく。

三歳の王子殿下の可愛らしい挨拶にほっこりしたり、軽食や焼き菓子をつまみながら、会話を楽しみ葡萄酒を飲んだり。

しばらくすると円舞曲が流れ始め、レナートがヴィクトリアの前に跪き、手を差し伸べる。

「私と踊ってはいただけませんか？」

かしこまった様子で言われ、ヴィクトリアは小さく笑う。

結婚生活も長くなったというのに、いまだにレナートの妻への愛は、とどまるところを知らない。

社交界でも有数の仲のいい夫婦として、アヴェリン公爵夫妻は認識されている。

今日も周囲に微笑ましいものを見る目で見られ、そのことを少々恥ずかしく思いながらも、ヴィクトリアはレナートの手を取った。

「ええ、喜んで」

そこでヴィクトリアは、レナートの手がひどく緊張していることに気づく。

数えきれないくらい、共に踊ったからこそわかる違和感。
ホールドをとると、二人は円舞曲の輪の中へと流れるように合流する。
手のひらを這わせている彼の背中も、よく見ればその表情も、強張っている。
（一体どうしたのかしら？　……もしかしたら彼も――）
かつてこの時間にこの場所で、何が起きたのかを知っているのだろうか。
円舞曲が終わりに近づいた頃、レナートの黒髪が風でふわりと舞った。
ここは王宮の大広間であり、風が起こるわけがないというのに。
驚き目を見開いたヴィクトリアを、レナートは引き寄せ、強く抱きしめた。
「……ああ、やっとだ」
耳元で囁かれた、万感を込められた言葉に、ヴィクトリアの体がぞくりと震えた。
突然のことに、何事かと周囲もざわめいている。
一体どうしたのかと、ヴィクトリアはレナートの顔を覗き込む。
感極まったような表情の彼の目には、溢れんばかりの涙が浮かんでいた。
今生において初めて見る、レナートの涙。
（ああ……そうだったのね）
そしてたった今、前回自分が命を落とした時間が過ぎたのだと知る。

どうやらヴィクトリアの二度目の人生は、無事一度目の人生の長さを超えたらしい。

（……それは、つまり）

——やはり、レナートにも一度目の記憶があったのだ。

疑い、探り合いながらも、互いにこれまで事実を明確にはしてこなかった。

「ヴィクトリア。君に祝福を」

レナートがヴィクトリアの額に唇を落とす。すると体がぞくりと戦慄く。

冷たい何かが、足元から頭のてっぺんまで走り抜けるような、不思議な感覚。

「……これで、君にキーラを返してやれる」

そしてレナートの肩から、ヴィクトリアの肩へ、キーラが飛び乗ってくる。

「キーラ。お前との契約を破棄する」

するとすぐに、キーラがヴィクトリアの契約精霊へと戻る。

キーラの意思が、記憶が、一気にヴィクトリアの脳裏に流れ込んできた。

——そう。時間を戻してくれたのは、家族を助けてくれたのは、ヴィクトリアを救い上げてくれたのは。

――ヴィクトリアは、レナートの献身と深い愛を知る。

「……どうして……」

どうしてそこまでして、と。それ以上、言葉にならない。

その場に頽れそうになる体を、レナートが逞しい腕で支えてくれる。

どれほど苦しかったことだろう。つらかったことだろう。

彼はたったひとりで、ヴィクトリアを襲う全ての不幸と戦っていたのだ。

「君を愛しているからだ。私も、キーラも」

レナートが、何もかもから解放されたからか、清々しい顔で、笑った。

ヴィクトリアはこぼれ落ちそうになる涙を、必死に堪える。

さすがにこの場で泣きだすわけにはいかない。

なんせヴィクトリアは今、アヴェリン公爵夫人なのだから。

これ以上ここでみっともない姿を、晒すわけにはいかないのだ。

それでもレナートにこの気持ちを少しでも伝えたくて、ヴィクトリアは彼の背中にぎゅっと縋りつく。

レナートは涙を浮かべたまま嬉しそうに笑い、それから彼女の肩に乗った子うさぎをちょっと乱暴に撫でた。

「ああ、そういえば、ヴィクトリア。君はキーラを可愛いだけの精霊だと思っているようだが、こいつはそんな可愛いものじゃ……痛っ！」

キーラがヴィクトリアの肩からレナートの顔に、後ろ脚で鋭い蹴りを決めた。

その見事な蹴りに思わず噴き出してしまい、深刻になっていたヴィクトリアの心が少し浮上する。

それからヴィクトリアは、あることに気づく。

「レナート様。もしかして……」

——その時、ヴィクトリアの肩の上にいるキーラの耳が、ピクッと立ち上がった。

ヴィクトリアの脳裏に、ものすごい勢いで映像が流れだす。

あの時と同じように。レナートの胸を貫く魔弾の映像が。

給仕が、手に持っていたお盆を落とし、懐に手を差し込む姿を視界の隅に捉える。

ヴィクトリアは無意識のうちに、レナートを思いきり突き飛ばした。

こちらへと向けられた魔銃の銃口。そこから吐き出される魔弾。

それら全てが、やたらとゆっくりに見えた。

(——ああ、ごめんなさいレナート様。子供たち。そしてキーラ)

やっぱり見て見ぬふりなど、できないのだ。

――どうか、許してほしい。

ヴィクトリアはぎゅっと目を瞑る。そして魔弾が己の体を貫く瞬間を待つ。

だがヴィクトリアを守るように、魔弾が届く前に彼女の周囲を分厚い氷が包み込んだ。

魔弾はその氷にめり込み、ヴィクトリアの体まで到達することはなかった。

慌てて逃げようとした給仕を、大きな白い狼が押し倒し、捕まえる。

懐かしいその姿は、前の生において、常に彼に付き従っていた精霊だ。

やはりレナートの元に、失った魔力が戻ってきたのだ。

もう、時間を止める必要が、ないのだから。

「ヴィクトリア……本当に君って人は……」

そしてレナートの声が、これまで聞いたことがないほどに低い。

恐る恐るその顔を見てみたら、これまた見たことがないほどに、怒っている。

あまりの恐ろしさにここから逃げてしまいたくなったが、周囲を氷に囲まれていて動けない。

ちなみに肩にいるキーラも怒って、後ろ脚でヴィクトリアの肩をダンダンと蹴っている。

「いやあ、魔力が使えるようになってすぐに、君に自動防御魔法をかけておいてよかったよ。自分の英断に惚れ惚れするな」

時が満ちてすぐに、レナートから額へ口づけを受けた際、体に走り抜けた冷たい感覚は、どうやら防御魔法のための彼の魔力だったらしい。

レナートの目が完全に据わっている。お願いだからそろそろ瞬きをしてほしい。

本当に怖い。怖くてたまらない。

――だって、いまだ体の震えが止まらないのだ。

「ヴィー。おいで」

レナートの声に、ヴィクトリアの周りの氷が砕け散った。

氷がキラキラと輝きながら飛散する中、ヴィクトリアは弾かれたようにレナートの元へ走り寄ると、その逞しい体に思いきり抱きついた。

「ごめんなさい！　ごめんなさい……！　レナート様……！」

とうとう堪えきれず、ヴィクトリアの目から、涙が次々にこぼれ落ちた。

「怖かったの……！」

そう、ヴィクトリアは怖かったのだ。前の生の時よりもずっと。

今が幸せだから、死にたくなくて、死ぬことが怖くて、たまらなかったのだ。

「……うん。わかってくれたのなら、いい」

レナートも、深く安堵の息を吐いた。

そして、国王陛下に許可をとって、ヴィクトリアとレナートはアヴェリン公爵家の王都別邸に戻った。

すでに寝入っていた子供たちの顔を見に行って、その幸せそうな顔に安堵する。

なぜこの子たちを置いていけると思ったのか。己の愚かさに、また涙をこぼす。

ヴィクトリアはそのまま一晩中震えが止まらず、レナートはずっとそんな彼女を宥めるように抱きしめ続けた。

彼の温もりにようやく眠ることができたのは、空が白み始めてからだった。

翌日、王宮から使者が来て、昨夜の事件の顛末(てんまつ)を教えてくれた。

やはりあの給仕は、前回と同じく反乱軍の残党であったらしい。

「前回は、精霊弾でほぼ根絶やしにしたんだが、今回はそれをしなかった分、残党がやたらと多くてね。どうやら私が反乱軍を壊滅させた人間だと、どこからか露見してしまったらしい」

かつての反乱軍は規模こそ小さいが組織として残っており、いまだ反政府活動をしているのだという。

そこの諜報部隊がレナートの存在に気づき、私怨を募らせたらしい。

「サローヴァ侯爵はあれで、一部の者たちからは熱狂的に支持されてたからな」

利用するものは徹底的に利用し、時に恐喝し、時に甘い言葉を吐く。

彼の力ある言葉は、現状を憂う者たちに、まるで洗脳のように効いたようだ。

サローヴァ侯爵の遺志を継ぐ人間は少なくなかった。

やはり皆殺しにしておくべきだったな、などと爽やかに言われ、ヴィクトリアは震え上がった。

「……レナート様。怖いです」

しばらくレナートは命を狙われる可能性が高いようで、ヴィクトリアはその後、さらに何重にも防御魔法をかけられた。

レナートからの信用のなさがつらい。

(でも前科がありすぎて何も言えないわ……)

「……もうしません」

「びっくりするくらい信用できないな」

どうやら自分は、またしてもレナートを深く傷つけてしまったようだ。

「だって、レナート様に死んでほしくなかったんですもの」

「君が死ぬくらいなら、自分が死んだ方がよほどマシなんだが」

また、その場に冷ややかな空気が流れた。

まあ、それだけ愛し合っているということなのだろう。

むしろ互いに互いを守り合えば、生存率も上がりそうだ、ということにしておく。

「まあ、もうこんなことが二度と起きないよう、あいつらは綺麗に片づけておこう」

「……レナート様、怖いです」

『片づけ』が一体何を指しているのか。考えるだに恐ろしい。

筆頭公爵家の当主であり、現王太子妃の兄であり、見目麗しくお金持ち。さらにはここに国一番の魔力まで戻ってきた彼に、できぬことなど、きっと何もないだろう。

夫が完全無欠すぎて、怖い。

使者が帰った後、待ち構えたかのように、子供たちが夫婦の部屋に飛び込んできた。

「昨日からちゃんとお留守番していたのです！　褒めてください！」

胸を張る息子のレオンと、寂しかったらしくヴィクトリアにしがみついて離れない娘のアンバー。

その柔らかで温かな体を、両手で抱きしめる。

もう二度と抱きしめられないかもしれないと思った、愛しい子供たち。

幸せすぎて、ヴィクトリアは涙が出てきてしまった。

「ヴィー。どうした？」

「なんか、幸せだなって思って……」

涙ぐむヴィクトリアの背中を、優しく包むように抱きしめてくれるレナート。

「ああ、幸せだな」

彼の言葉に、そう思っているのは自分だけではないのだと、心が満たされていく。

──誰よりも献身的に愛してくれる、愛すべき夫。

そんなことをつらつらと考え、幸せに浸っていたヴィクトリアは、ふと、とんでもないことに気づいてしまった。

（……私、そのことを今まで口に出したことがあったかしら……）

言ってもらうばかりで、よく考えたら全く記憶にない。

結婚してくれだの、素敵だの、尊敬しているだのはしょっちゅう言っているが。

直接的なその言葉を、口に出したことはなかった。

婚約者として過ごした二年間、そして夫婦として暮らしたこの五年間。口に出さずとも伝わっていると、思い込んでいた。

言わなければ、伝わらないということを、よくわかっていたはずなのに。

言葉を惜しむべきではなかったと、かつて散々後悔したはずなのに。

——そうだ。伝えるならきっと、今がいい。

「……レナート様」

「なんだい。ヴィー」

「……愛しています」

その時のレナートの顔を、ヴィクトリアは一生忘れないだろう。

レナートは、目を大きく見開き、それからその整った顔をくしゃくしゃにして。

「私も愛している」

そう言って、涙をこぼしたのだった。

あとがき

ベリーズ文庫様でははじめまして。クレインと申します。

このたびは『鉄の女だと嫌われていたのに、冷徹公爵にループ前から溺愛されてたって本当ですか？～おまけに契約精霊が最強でした～』をお手に取っていただき、誠にありがとうございます。

今作は、好きな人を助けて命を落としたヒロインが、なぜかループして過去に戻ったため、だったら後悔だらけの人生をやり直そうとしたところ、なぜか何もしないうちに全てが綺麗に解決してしまい、それなら前回の生であきらめた恋を追いかけてみようと考え、頑張るお話です。

一生懸命に空回るヴィクトリアと、彼女を幸せにするために奔走するレナートの、少しとぼけたやりとりと、恋の結末を楽しんでいただければと思います。

ちなみに今作で私が一番気に入っているキャラクターは、契約精霊のキーラです。

実は今年に入って、我が家でうさぎを飼い始めまして。

うさぎってこんなに人に懐くんだとびっくりしております。

歩けば私の後を追いかけてきますし、名前を呼べばすぐに飛んできますし、ぺろぺろと手やら顔やらを舐めてきます。

とてつもなく可愛くて、なんとか作中にうさぎを出したいと画策しておりまして。今回『契約精霊』として、うさぎを登場させることができ、とても満足しております。可愛いですよね……うさぎ。

そんなキーラをめちゃくちゃ可愛く、そしてヴィクトリアとレナートを麗しく、表紙に描いてくださった白谷ゆう先生。ありがとうございます！

諸々ご迷惑、ご心配をおかけいたしました担当編集様、ありがとうございます！

締め切り前になるといつも家事育児を引き受け、落ち込みやすい私を励まし力づけてくれる夫、ありがとう。

そして最後に、この作品にお付き合いくださった皆様に、心よりお礼申し上げます。

この作品が、少しでも皆様の気晴らしになれることを願って。

クレイン

クレイン先生への
ファンレターのあて先

〒104-0031
東京都中央区京橋1-3-1
八重洲口大栄ビル7F
スターツ出版株式会社　書籍編集部　気付

クレイン先生

本書へのご意見をお聞かせください

お買い上げいただき、ありがとうございます。
今後の編集の参考にさせていただきますので、
アンケートにお答えいただければ幸いです。

下記URLまたはQRコードから
アンケートページへお入りください。
https://www.berrys-cafe.jp/static/etc/bb

鉄の女だと嫌われていたのに、冷徹公爵にループ前から溺愛されてたって本当ですか？～おまけに契約精霊が最強でした～

2023年7月10日　初版第1刷発行

著　者　クレイン

発行人　菊地修一
デザイン　カバー　ナルティス
フォーマット　hive & co.,ltd.
校　正　株式会社鷗来堂
編集協力　佐々木かづ
編　集　前田莉美
発行所　スターツ出版株式会社
〒104-0031
東京都中央区京橋1-3-1　八重洲口大栄ビル7F
TEL　出版マーケティンググループ　03-6202-0386
（ご注文等に関するお問い合わせ）
URL　https://starts-pub.jp/
印刷所　大日本印刷株式会社

Printed in Japan

乱丁・落丁などの不良品はお取替えいたします。
上記出版マーケティンググループまでお問い合わせください。
定価はカバーに記載されています。

ISBN 978-4-8137-1457-6　C0193

ベリーズ文庫 2023年7月発売

『S系外科医の愛に落とされる激甘契約婚【財閥御曹司シリーズ円城寺家編】』 一ノ瀬千景・著

医療財閥の御曹司で外科医の柾樹と最悪な出会いをした和葉。ある日、料亭を営む祖父が店で倒れ、偶然居合わせた柾樹に救われる。店の未来を不安に思う和葉に「俺の妻になれ」――突如彼は契約結婚を提案し…!? 俺様な彼に恋することはないと思っていたのに、柾樹の惜しみない愛に甘く溶かされていき…。

ISBN 978-4-8137-1452-1／定価726円（本体660円＋税10%）

『捨てられ傷心秘書だったのに、敏腕社長の滾る恋情で愛され妻になりました【憧れシンデレラシリーズ】』 高田ちさき・著

社長秘書の美涼は、結婚を目前にフラれてしまう。結婚できないなら地元で見合いをするという親との約束を守るため、上司である社長の要に退職願を提出。すると、「俺と結婚しろ」と突然求婚されて!? 利害が一致し妻になるも、要の猛溺愛に美涼は抗えなくて…！ 憧れシンデレラシリーズ第1弾！

ISBN 978-4-8137-1453-8／定価726円（本体660円＋税10%）

『愛に目覚めた外交官は双子ママを生涯一途に甘やかす』 若菜モモ・著

会社員の和音は、婚約者の同僚に浮気されて会社も退職。その後、ある目的で向かった旅先でエリート外交官の伊吹と出会う。互いの将来を応援する関係だったのに、紳士な彼の情欲が限界突破！ 隅々まで愛し尽くされ幸せを感じるものの、身分差に悩み身を引くことに。しかし帰国後、双子の妊娠が発覚し…!?

ISBN 978-4-8137-1454-5／定価726円（本体660円＋税10%）

『冷徹御曹司の剥き出しの渇愛～嫁入り契約した薄幸OLが幸せになるまで～』 夏雪なつめ・著

実家へ帰った紬は、借金取りに絡まれているところを老舗呉服店の御曹司・秋人に助けられ、彼の家へと連れ帰られる。なんと紬の父は3000万円の借金を秋人に肩代わりしてもらう代わりに、ふたりの結婚を認めたという！ 愛のない契約結婚だったのに、時折見せる彼の優しさに紬は徐々に惹かれていき…!?

ISBN 978-4-8137-1455-2／定価726円（本体660円＋税10%）

『天才ドクターは懐妊花嫁を滴る溺愛で抱き囲う』 蓮美ちま・著

恋愛経験ゼロの羽海はひょんなことから傍若無人で有名な天才外科医・彗と結婚前提で同居をすることに。お互い興味がなかったはずが、ある日を境に彗の溺愛が加速して…!?「俺の結婚相手はお前しかいない」――人が変わったように甘すぎる愛情を注ぐ彗。幸せ絶頂のなか羽海はあるトラブルに巻き込まれ…

ISBN 978-4-8137-1456-9／定価726円（本体660円＋税10%）